Hermann Hesse

Freude
am
Garten

园圃之乐

〔德〕赫尔曼·黑塞 著

易海舟 译

天津出版传媒集团

天津人民出版社

果麦文化 出品

Inhalt

在园中

现在对于一个有花园的人来说，正是考虑春耕之时。园主思忖着走过空荡园畦中的窄路，只见北边还有一点泛黄残雪，毫无春意。不过，草地、溪边和温暖葡萄坡的边缘已是绿意盎然，头一批黄色牧场花已在草丛中绽放，带着羞涩而欢欣的生之勇气，睁着孩童般的大眼，好奇地打量这个宁静期待的世界。而在花园里，除了雪花莲以外，一切都还是沉寂的，在这儿，春天不会自己到来，裸露的田畦耐心等待照料和播种。

散步者和周末踏青者有福了，他们可四处闲逛，欣赏万物复苏的神奇：看见绿草茵缀上了明快的初生花，树上萌发了绿油油的嫩芽；他们折下黄花柳枝，带回家装点房间；他们带着怡然的惊奇，观看一切的美妙，对于他们来说，一切都在恰好的时机生发和绽放了，这是多么轻松自然啊！他们有想法却无忧虑，因为他们只需享受当下，无需忧虑夜蛙、金龟子或老鼠等等威胁。

而花园主人在这些日子就没那么悠闲了，他们四下检视，发现有些在冬天就该做的事被忽略了，他们盘算着今年会如何，担心着去年就没能照顾好的园畦和树木。他们清点库存的种子和球茎，检查园艺工具，发现铲子的一个柄断了，园艺剪也生锈了——当然并非所有人都面对此种困境：职业园丁们已在整个冬天全心劳作，而勤勉的园艺爱好者们和聪慧的主妇们也已准备周全。他们那儿没有缺失的工具、生锈的小刀或受潮的种子袋，地窖里没有腐烂或丢失的球茎；一整年的园事都已精心规划好，所需肥料已全部提前预订，总之，一切都尽善尽美。这些人的确值得赞美与钦佩，因为他们的花园今年又会大放异彩，令我等相形见绌。

相比之下，我们的园子还寸草不生。我们这些半吊子的懒人、空想家和冬眠者，又一次惊觉春日已至。慌张发现，就在我们还沉醉于冬梦温柔时，更勤快的邻居们已将一切准备停当。现在轮到我们羞愧了，急急忙忙追赶进度，磨亮剪刀，匆匆给种子商写信，如此这般忙慌着，又碌碌无为度过了一天半日。

我们总算准备停当，开始劳作。头几日充满了期待的欢喜，兴奋一如往年，不过也辛苦。当本年的第一滴汗珠从额头滚落，靴子陷入松软厚实的泥土中，握着铲柄的手也肿痛时，三月温柔无害的阳光都显得有点热了。几小时辛苦劳作后，我们腰酸背痛、疲惫不堪地回屋，感觉壁炉的温暖陌生而奇异。夜晚灯下翻阅园艺书，书上既有许多诱人的物事和章节，也有干涩沉闷的操作指南。无论如何，大自然总是慷慨的，勉力建成的花园里，最终总能有满满一畦菠菜，一圃莴苣，一些水果和一片悦目繁花。

头一回费力翻地时，冒出了金龟子、甲壳虫、蛹和蜘蛛，我们带着轻快的假惺将其消灭。近处，乌鸦在歌唱，山雀在闲聊，灌木和树都已安然过冬，它们的棕色树芽在希望中大笑；玫瑰细茎在风中轻摇点头，梦想着未来的荣光。又一次，每过一个时辰我们就更加熟悉这一切，处处嗅到夏天的气息。我们摇摇头，竟不知漫长苦闷的冬天是怎么熬过来的。那不就是种煎熬么？五个漫长黑暗的月份，没有花园，没有芬芳，没有鲜花，没有绿叶！不过春风吹又生，尽管此时花园还是荒芜的，但对于园丁来说，一切都在萌发和期待中。园畦有了生机，此处会长出绿莴苣，彼处会长出欢快的豌豆，那边还有草莓。我们将松过的土弄平，沿着绳子划出整齐的行列，准备播种。至于花坛，我们已提早规划好颜色和造型的搭配，打算铺陈蓝和白，其中掷入一抹嫣红，这里镶勿忘我，那里嵌木犀草，不吝啬耀眼的旱金莲，营造华丽。考虑到夏天的佐酒小菜，还得留点地方种小萝卜。

随着工作开展，我平静下来，把傻气的兴奋扔到一边，这细微无害的园事又奇妙地带来另一种共鸣和思考。建造花园是创作的欲望和豪情：可依照自己的心意来创造一小块地，可为夏天种上最爱的果子、色彩和香味，可将一小块园畦、几平米的裸土创造为色彩浪涛、赏心悦目的伊甸园。花园自有它的严规，无论人有什么样的欲望和期待，最后还是要顺应自然，交由大自然来运作和料理。大自然是无法糊弄的，你可以骗它一两次，但之后就必须严格遵循它的规则。

你可作为园艺爱好者在那短短几个温暖月份里观察到许多。只要你有意愿和天分，便能看见纯粹的美妙：大地力量的饱满，在眼中，在画中；大自然的顽皮和魔幻，在构图中，在色彩中。可爱的小生命们也有许多与人类相似的地方：这些植物中也有好或坏的持家者，有节约的有浪费的，有知足者也有贪婪者；有些植物活得朴实如百姓，有些则享乐如权贵；它们中有好或坏的邻居，有友谊和敌对。有的植物长得狂野放肆，随心随性，无拘无束，有的则可怜兮兮被欺负，困苦挨饿，贫弱又艰辛地生存；有些植物尽情繁衍，五彩缤纷热热闹闹，有些则需人工诱导才能繁衍子孙后代。

夏日花园的来去之迅疾，每每令我讶异。短短数月，一代花草在园中生发、兴旺、生活、凋零和死亡。一圃幼苗被栽下，经施肥、浇水，生长繁茂了，可月亮也不过盈亏了两三次而已，幼苗便已老去，完成天命，必须被清除，为新的生命腾出空间。无论做其他事情还是无所事事，都不可能像从事园艺活动这样，令人惊觉夏天之飞逝。

生命之紧密循环在花园中更加紧密了，分外令人叹服。一个花园年几乎还未开始呢，就有废渣、动物残骸、剪下的枝子、裁短的根茎、干枯或死亡的植物，一周周不断增加。我们将所有这些和厨余垃圾、苹果柠檬皮、蛋壳及其他废渣一起堆成肥料；这些植物的枯萎、死亡和消逝并非不受重视，这整个过程是被关注的，没有一样东西会被扔掉。阳光、雨雾、空气会将这"并不美观"的一堆东西分解，而园丁会用心保存它们。所以园事将尽、夏日消逝之时，大部分残渣都已被分解为土壤的一部分了，它们让土壤变得又肥又黑，十分丰饶。

要不了多久，在这死亡废墟上又会长出新的嫩芽和花苞来，于是那些腐烂降解的东西便又轮回为鲜妍美丽、多姿多彩的存在。而这完整、简单、稳定的轮回，常被人类深深思索，被所有宗教尊敬崇拜，在每一个小小花园里，安静、迅速而清晰地发生，没有一个夏天不从前一个吸取养分，一切植物也终将静谧安详地化作泥土，正如它们从泥土化作植物那样。

我在小花园里带着欢欣的春之期待种下豆子、生菜、木犀草和旱金莲，并用其先辈来为之施肥，回顾以往，预期着新生一代。和其他人一样，我把这有规律的轮回视作理所当然、本质美好的事。只有偶尔在播种和收获的片刻想到，这是多么奇特啊！在地球的所有造物中，唯有我们人类试图脱离轮回，不满足于万物的永生，而追求个性的、自我的、独一无二的人生。

1908

九月

花园悲伤着，
雨水冷冷落入花朵。
夏日颤栗着
无声迎来它的终结。

高高的洋槐上
片片金叶飘落。
消逝的园梦中
夏日诧异倦笑。

已在玫瑰中坚持太久
企盼安眠的夏
缓缓合上
早已疲倦的大眼。

童年花园

一日早晨，我出门寻乐，兜里揣一本书和一块面包。如儿时习惯那样，我先来到屋后尚还阴凉的花园。父亲种的那几棵冷杉，我在还是纤瘦少年时便已熟识，如今它们长得又高又坚实，树下铺着浅棕的松针堆，那儿多年来只生蔓长春。倒是一旁长而窄的花坛中，母亲种的花儿缤纷欢快地闪耀，每周日我们都会从中采上一大束：开着串串朱红小花的是"燃烧的爱"，细茎上挂点点红白心形小花的叫"女人心"，而另一株则名为"盛气凌人"。高茎的紫菀默立一旁，尚未开花。花间土上匍匐着带软刺的肥厚长生草和长相滑稽的马齿苋。这细长的园畦是我们的至爱、我们的梦幻乐园，因为这里奇花异草交织，在我们眼中甚至比那两个玫瑰圆坛更可爱夺目。当阳光照到这儿，在爬满长春藤的墙壁上辉映时，每一丛花都有其独特的风华和美丽：剑兰明艳盛放，蓝色天芥菜迷醉在自我的辛香中；尾穗苋萎靡低垂了，楼斗菜却踮起了脚尖，摇着它的四瓣夏日风铃；一枝黄花和天蓝绣球上，蜜蜂嗡嗡飞舞；肥厚的常春藤上，褐色小蛛上下奔走；紫罗兰上，厚身的透翅蝶扑闪翩跹，这类蝶也被称作天蛾或鸽尾蝶。

我带着假日闲情一朵一朵看，四下嗅闻花瓣芳香，或用手指小心打开花萼，一探花朵神秘清幽的内在，看脉络和雌蕊的宁静排列，欣赏绒毛般的蕊丝和晶莹的花粉管。间或，我也看天空的晨云，缕缕云烟迷离交织，絮状云朵轻软如棉。

怀着惊奇和一丝宁静忧伤，我四下查看熟悉的儿时乐土。小小花园、鲜花阳台，还有带青苔路的背阴潮院，都向我展现出另一副面孔，连花儿无穷无尽的魅力也似乎减弱了。带水管的旧水桶本分乏味地立在花园一角，我曾因它给父亲惹过麻烦：放了半天水后放入风车木轮，在水路上建起大坝运河，制造大洪水。这个风雨剥蚀的木桶曾是我的忠实爱物和玩具，当我凝视它，童年之乐竟在心头激起一丝回响，却也是悲伤的，因为这个木桶已不再是源泉、河流或尼亚加拉瀑布了。

我沉思着翻过篱笆，一朵蓝色旋花抚摸我的脸，我摘下它衔在口中，决定去散个步，从山上俯瞰我们的城市。散步是种不咸不淡的活动，我年少时从未想起过——小男孩是不会散步的，他进了森林就是强盗、骑士或印第安人，到了河边就是船夫、渔人或磨坊工，他跑向草地不是捉蝴蝶就是逮蜥蜴。我去散步，倒像是一个成年人郑重乏味的活动，是他不知该干什么才去做的事情。

我的小蓝花很快就蔫了，被我扔掉。现在我嘴里咬着一根刚折下的黄杨木枝，苦涩而浓郁。站着高高染料木的铁路堤上，一只绿蜥蜴从我脚边跑开，我的童心又被唤起，便不再呆立，而是跑起、潜行、埋伏，直到将这只惊恐的动物抓到手中，它还带着太阳的温暖呢。我看着它宝石般发光的小眼睛，感受它矫健有力的身躯和硬邦邦的腿在我指间反抗，一丝曾经的狩猎快感又回来了。但这快感很快便消失，我再也不知道，该拿这只捉到的动物怎么办。捉它实在没什么意思，好无聊，我弯下腰打开手，蜥蜴先是瞬间惊呆，腮帮急促地一鼓一鼓，接着就奋力闪进草丛中了。一辆火车从泛光的铁轨上驶过，我目送它远去，忽然明白我在这儿是得不到真正乐趣的，并强烈渴望跟随这辆火车驶向远方的世界。

出自小说《热带风暴》，1913

青春花园

我的青春是座花园，
晶莹泉水跃上草地，
老树投下幻蓝凉荫
沁凉我春梦的灼热。

我急切踏上炙途
将青春花园深锁，
玫瑰在墙沿点头
讥笑我天涯漂泊。

当我一路渐行渐远
需要更潜心地聆听，
清凉园中的树叶声
美妙动人尤甚当年。

内在和外在的世界

　　我在还是孩子时，每每有这样的癖好：看自然界的奇异图案，不只是观察，而是完全沉浸于它的魔力，沉浸于它庞杂深奥的语言。木化的长长树根，石头的斑斓纹理，水上的漂浮油渍，玻璃的缝隙——我常被诸如此类的一切事物深深吸引，当然首先还有水、火、烟、云、尘，以及闭眼就能见的旋转光斑……看这些相，沉醉于这些感性、芜杂、奇异的自然图案，会让我们内心产生一种感觉，即我们的内在与创造它的神性是合一的。我们很快就想将之认作自己的情感、自己的创作，看见自我与自然的界限在颤抖、融化，并感受到一种心境，不知这视网膜上的相是来自外部印象，还是来源于内在体验。没有什么比这种练习更易让我们发觉，自己即是造物者，我们的灵魂在不断参与这个世界的持续创造。更确切地说，运作于我们内在和自然界的都是那合一的神性，所以即使外部世界崩塌了，我们中的每一人也有能力将之重建。因为山川河流、树叶花茎，一切自然之相都在我们心中预先形成了，都来自永恒的灵魂，那个我们并不知晓的灵魂存有，我们却常在爱之力与创造力中感知到它。

　　出自《德米安》（又名《彷徨少年时》），1917

致兄弟

如今我们又见家乡，
如痴如醉穿过房间，
久久驻足故园回想，
曾是顽童在此嬉闹。

当故乡钟声响起，
我们在外面世界
猎取的一切美妙，
皆可放下。

啊，未来将至的一切，
都不会再有昔日光彩，
不会比得上捕蝶男孩
在园中度过的一日日。

变成森林的公园

这是一个相当大的公园，不宽但很深，有榆树、枫树和梧桐，有枝叶蔓生的小径，一丛幼小的冷杉和许多休闲长椅。间或有阳光明媚的草地，一些空着，一些点缀着圆花坛或观赏灌木。在那片明快温暖的敞亮草坪上，站着两棵显眼的树。

其中一棵是垂柳，柳树丝柔的慵懒长枝低垂，密密环绕树根处的板条长椅，像一顶帐篷或神庙，虽然光线昏暗，依然笼住了一片恒定的微暖。

而另一棵树则在矮篱围起的一片草坪外。这棵高大山毛榉远望去是几乎发黑的深褐色，但当人走近或站在树下仰望，便能看见外层所有枝条都在燃烧，被阳光浸透的叶片生出暖柔的艳火，透出教堂彩绘玻璃窗般庄严幽亮的炽红。这棵老山毛榉是这座大公园里最出名、最醒目的美景，人们可从任何一个角度看到它。它孤单深沉地矗立在明亮草坪中央，如此高大，以至人们在公园外都能看到它在蓝天映衬下浑圆坚实、优雅拱起的树冠。天空越是蔚蓝诱人，树梢越是沉黑庄重地依偎着它。这棵树在不同气候或天色中，看上去可以非常不同。有时你觉得，它知道自己多美，知道自己为何遗世独立，傲然远离其他树木，所以昂然挺立，目光淡然超越一切，望向天空；有时呢，它看起来又像是知道，自己是花园里唯一一棵山毛榉，无兄无弟，于是它遥望远处的其他树木，寻觅着，渴望着。早晨它是最美的，黄昏至日落时分亦然，但那之后，它的光芒似乎骤然熄灭，甚至它所在之处，夜晚比别处还早来一小时。而它最奇特阴沉的外表是在雨天，当其他树木都在雨中呼吸伸展，快意炫耀着亮绿，唯有它看上去像死去一般，沉浸在孤寂中，从梢尖到脚下都黑沉沉。它不颤抖，你都能看出它很冷，为如此寂寞孤单感到羞耻难过。

从前，这座常被打理的乐园是件严谨的工艺品，后来人们逐渐厌倦了辛苦的维护、照料和修剪，也再无人需要精雕细琢的园林，这些树木就得全靠自己了。它们之间缔结了友谊，忘记了被异化的、艺术性的功用，在困境中想起了古老的森林故乡，相互依靠，用臂膀拥抱和支撑彼此。它们用厚厚落叶覆盖了笔直道路，用伸展的根茎汲取养分，将土壤变成富含营养的森林之土，它们的树梢相互交错、顽强生长。它们看见，在它们的荫庇之下，一丛树正奋力生长起来，树丛中的光滑树干和鲜亮树叶填满了空隙，占领了空地，并用凉荫和落叶使土壤变得黝黑、柔软而肥沃，如此这般，苔藓、青草和小灌木也繁衍得小有规模了。

后来，当人们来到这儿，欲将这昔日公园作为游乐场时，它已变成一座森林了。人应知足。昔日那条梧桐林荫道已修复，还可享受这些过程：打通丛林中枝蔓缠绕的小径，为林中空地植上草皮，在绝佳位置放上绿色长椅。他们的祖辈曾沿着线绳来种植和修剪梧桐树，深思熟虑地设计和塑形，如今这代人带着儿女们来做客，高高兴兴看到林荫道在被荒弃的漫长岁月中变成了一座森林。阳光和微风轻抚，鸟儿歌唱，人们可尽情陶醉于他们的思绪、幻梦和渴望中。

草地上暖意弥漫，蟋蟀在高树上尖声鸣唱。密林深处，鸟儿唱得更沁心、更甜美。多么美妙啊，在这芳香、悦音与阳光的静谧交织中，四肢伸展躺在阳光下，眯眼看炙热天空，或聆听身后幽林，或闭目舒展放松，让身体每部分都感受到那份深刻温暖的愉悦。

出自小说《七月》，1905

博登湖畔

搬来此处之前我还从未有过自己的花园。依循我的乡村生活准则，花园自然须由我亲自栽培、种植和照料，而我也这么做了许多年。我在园中建了一个小木棚，用于堆放柴火和园艺工具；在一位农家子弟的参谋和帮助下，划定了小径和园畦，种了树木，包括栗树、椴树、梓树、一道树篱、一丛浆果和漂亮果树。果树苗在冬天遭兔子和鹿啃食，全毁了。其他树木倒是长势良好。那时我们享有过剩的草莓、覆盆子、花菜、豌豆和生菜。我还在旁边养了一圃大丽花，建了一条长路，路两旁的成百株向日葵长势喜人，其脚下是成百上千红黄色旱金莲小花。在盖恩霍芬和伯尔尼[1]至少有十年，我都

1 　黑塞于 1904 年至 1912 年与家人居住在位于德国博登湖畔的盖恩霍芬，于 1912 年至 1919 年与家人居住在瑞士伯尔尼。

一人亲手种植蔬菜和花卉，给园畦施肥浇水，给道路去除杂草，亲自锯木劈柴，这些都是美好有益的。不过到头来，还是繁重的苦役。农活作为游戏是快乐的，而当成为一种习惯和职责，其中的快乐也就消失了。

我们的灵魂会怎样加工、扭曲，且在更多时候去修正自然景象啊！我们生活记忆中的画面又是怎样被我们的内心所影响！我对盖恩霍芬第二个住所的记忆就印证了这一点，惭愧的是，对这个住所的花园我记忆犹新，也还清楚记得书房及其宽敞阳台的每一个细节，包括每本书在架上的位置。而与之相反的，是对其他房间的记忆，在离开那幢房子二十年后，显然已模糊不清。

出自《迁入新居时》，1931

风雨后的花

亲如手足朝向同一方，
伏倒的花儿在风中滴水，
依旧战战兢兢，视线朦胧，
有些柔枝已折，一地凋零。

晕乎乎、怯生生，缓缓抬头，
他们又沐浴在爱的阳光下，
亲如手足，试着初展欢颜：
我们还在，未被敌人吞噬。

这景象令我想起那些时刻：
曾迷失于生活的暗流中，
又于黑夜困厄中找回自我
回归光明，怀着感恩去爱。

一朵花的生命

胆怯如孩童，从绿色叶环中
她四下张望，几乎不敢去看，
感觉自己被光的浪涛接纳，
感觉日与夏蓝得无与伦比。

被阳光、风和蝴蝶追逐，
她在第一个微笑中
向生命敞开谨小慎微的心，
学着投入短暂生命的连连幻梦。

她大笑，缤纷燃烧，
脉管上鼓胀起金粉，
见识过正午的潮热
晚上倦倦依偎叶中。

她的花瓣像成熟女子的唇，
线条上颤抖年龄的预警；
炙热绽放的笑容透着饱和
与更苦涩的迟暮气息。

蜷曲，脱纱，子房上花瓣倦垂
颜色褪去，如幽灵般苍白：
那巨大的秘密
已将垂死的花儿包围。

花儿也……

即使无辜的花儿，
也要承受死亡。
我们原本纯洁如斯
却也要承受痛苦，
莫名的痛苦。
那个我们称之为罪的东西，
已被阳光吸纳，
也早已从纯洁的花朵中
化为缕缕芳香飘向我们，
化为童真眼神打动我们。

如同花儿一样，
我们也会死去
只是解脱之死，
只是重生之死。

一树桃花

一树桃花盛开，
并非每朵花都会结出果。
她们在蓝天游云中
如玫瑰泡沫莹莹闪光。

思绪如花绽放，
每日成百盛开。
绽放吧，万物顺其自然，
不问收获！

世间须有游戏与纯真
须有鲜花盛开，
否则世界对我们来说就太小
生无可恋。

偶尔

偶尔，当一只鸟鸣叫
一阵风吹过树枝
一声犬吠从最远的田庄传来，
我便需长久聆听、静默。

我的神魂飞回，
千年前被遗忘的时光
鸟和吹动的风
与我相近相亲。

我的灵魂化为一棵树
化为一只兽和一片云。
蜕变、轮回
问着我。我该如何作答？

在蒙塔诺拉从卡萨卡木齐宅的阳台望出去的景色，能看到花园和山坡，
以及黑塞和第三任妻子于1931年搬入的大宅卡萨洛萨

瑞士卢加诺湖之上的花园

六月天

　　这个夏天如此华美，好天气不是以天计，而是以周计。这还是六月，人们才刚刚收了干草。

　　对于一些人来说，没有什么比这样的夏日更美了：炎热沁骨，芦苇在最潮湿的沼地上都能烧着。有些人只要得空便尽情吸纳这份温暖舒适，让本就不算太忙的生活更为慵懒惬意，但这对另一些人来说是不可能的。而我也属于这一类人……

　　那大概是我所经历的最丰饶的六月了吧，不过很快又会再来一个这样的。位于多芬街的堂兄住所，小花园在尽情盛放，散发芳香：大丽花掩盖了破损的篱笆，长得又高又壮，生出饱满圆润的花蕾，黄红紫的青春花瓣从中冲出；桂竹香如此热情洋溢地流淌蜜色，如此热烈欢畅地散发香气，仿佛知道自己快要枯萎了，以让位给密密丛生的木犀草；呆呆的凤仙花立于粗脆的茎上沉思，纤细的鸢尾沉浸于幻梦，野生玫瑰丛明快嫣红。几乎连一掌宽的裸土也看不到了，整个花园似一捧巨型的缤纷花束，从一个太窄的花瓶中涌出，边上玫瑰丛中的旱金莲都快被挤得透不过气啦，中央的头巾百合炫耀地向上燃烧，任那大而妖冶的花瓣，狂烈放肆地绽放。

我十分喜爱这样的花园，但我的堂兄和农夫们并不这么看。只有入秋后，园圃中只剩下最后的晚玫、蜡菊和紫菀了，他们才开始感受到一点花园之乐。他们现在每天都在田野里从早忙到晚，晚上就像被打翻的小铅兵一样四肢沉重累倒在床。然而每一秋每一春，花园还是会被忠实地打理和布置，尽管并不能带来收益，尽管花园最美的光景他们也几乎看不到。

两周以来大地上都高悬着炽热的蓝天，晨间纯净明媚，午间就布满了逐渐堆积的低低云球。晚间会有远远近近的暴雨落下，然而每个早晨醒来，蓝天灿烂，阳光倾洒，尽管雷声犹在耳畔，但世界又被光和热浸透。于是我便快乐地、毫不犹豫地开始了我的夏日生活：快速走过发热干裂的田间路，泛黄的高高麦穗在路旁田野中温暖呼吸着，其中的野罂粟、矢车菊、野豌豆、麦仙翁和牵牛花在大笑。接着，我在森林边缘高高的草垛上休息长长几小时，金龟子扑闪着微光飞过，蜜蜂嗡嗡歌唱，树枝在深邃天空下纹丝不动。直至傍晚，我才懒洋洋地踏上惬意归家之路，穿过光尘及金红田野，穿过充满成熟与倦怠的空气，穿过充满渴望的牛叫声。最后，就是直至子夜的温暖时光，或独坐于枫树椴树下，或与某熟人共品黄葡萄酒，心满意足、无拘无束地聊天，融入温暖夜色中……直到远方不知何处响起了雷鸣，在惊人的风响中，第一批雨滴缓慢而快活地从空中滴落，沉而柔地打在厚厚尘土上，这声音几乎无法让人听见。

接着就是夏之声！让人感到既欢愉又忧伤，而我是如此爱它：一直持续到午夜的连绵蟋蟀声（人可全然陶醉其中，就像面朝大海一般），田野中麦穗翻涌的沙沙声，遥遥潜伏的隐约雷声，夜蚊成群飞舞之声，远处引人入胜的镰刀声，暖暖鼓胀的夜风之声，和急雨突降的倾盆之声。

在这短暂荣耀的数周里，万物更热忱地呼吸绽放，更深刻地生长和发香，更饥渴更真挚地燃烧着！草垛散发椴树花的浓烈芬芳，充溢整个山谷；低垂的成熟谷穗旁，缤纷的野花在热切展现自己的美，在此刻加速闪光、加速燃烧，直至它们过早地被镰刀割下！

出自小说《云石锯》，1903

花儿

啊，美丽的姐妹们，我带着羡慕爱你们，
因你们的生活看上去如此轻柔、极乐，
你们是大地上的晶光与金玉，
用无数迷人色彩装点它。

阳光更热忱地散发活力，
在你们烂漫花朵中灼烫；
啊，所有我们人类动物所缺失的，
都在你们身上无可企及地绽放。

从童真的美目中你们闪耀着
古老大地千年的荣光。
我们爱你们，然而还是折断
和杀死你们，毫无愧疚。

变废为宝的快乐

　　每当恩特里斯女士变废为宝时，她都能感到一丝特殊的喜悦与享受。通过发现与创造，将被扔弃的加以利用，为被轻贱的赋予价值——这种激情并非只关乎实用，人还会在此过程中抛弃对"实用"的狭隘认知与执着，并在审美领域得到自我升华。这位执法官夫人并不拒绝漂亮精美的东西，只要不白花钱她也喜爱美好舒适。她衣着朴素，但干净得体。自打她得到一幢带小块土地的小屋，她对审美愉悦的渴望就求仁得仁：成为一名热忱的园丁。

　　八月，每当施洛特贝克先生走过这位女邻居的篱笆，都会带着欣悦和一丝羡慕，看着这位寡妇的小园盛景。整齐的园畦中，种着诱人的葱和草莓，还有花儿：玫瑰、紫罗兰、桂竹香和木犀草，全都散发着无欲无求的快乐。

在斜坡和沙地上种出这片欣欣向荣并非易事，恩特里斯女士的热情在此地创造出了奇迹，并会再接再厉。她亲手将林中的黑土和落叶运到花园里；她在傍晚沿着重型碎石车碾过的痕迹走，用小铲子搜集马匹留下的珍贵粪便。在屋后，她细心用生物垃圾和土豆皮来堆肥，它们会在下一个春天，通过降解让土壤变得更肥沃。她还从森林采来野玫瑰、五月花秧苗及雪花莲，并在整个冬天，小心翼翼在屋里和地窖中培育这些枝条。一种在人类情感中散发幽香的、对于美的宿命渴望，对于废物利用的喜爱，也许还加上潜意识中那一点不甘的女性魅力，使她成为一位卓越的花园之母。

施洛特贝克先生并不了解他的这位女邻居，但他每日会向她那不生杂草的园圃和小径投以赞许的目光，津津有味地观赏喜人的蔬菜绿、温柔的玫瑰红和旋花的欢闹缤纷。他继续前行，一阵甜蜜花香从身后吹来，他对这位可爱邻居的感激之情又加深了。

出自小说《还乡》，1909

龙胆花

你陶醉于夏天的快乐
在至福的明光中屏住呼吸，
天空像在你的花中沉醉了，
风在你的绒毛间轻拂。

若风能将所有罪孽与苦痛
从我灵魂吹走，
我便可与你称兄道弟
在你身边度过宁日。

这样我的世界之旅
便有了一个至福的轻快终点，
便如你一般走过神的梦幻花园
蓝色的夏日梦境。

暮色中的白玫瑰

你哀伤地将脸倚在叶上，
向死亡臣服，
呼吸幽灵般的光，
任苍白梦境摇曳。

但真挚如歌谣
在最后的轻柔微光中
摇曳整个夜晚
你的可人芬芳充溢房间。

你小小的灵魂
严肃追求着伟大，
微笑，死去
永驻我心，玫瑰姐妹！

石竹

红石竹在园中盛开，

任凭可爱香气散逸，

不眠不休，

只怀一种动力：

更迅猛、更狂热、更野性地绽放！

我看见一团耀眼的火，

风在它的红焰中奔跑，

在欲望中颤栗，

只怀一种欲望：

更迅猛、更迅猛地燃烧！

我血液中的你

亲爱的你，你做什么梦？

就不愿一滴一滴流淌对么？

要在洪流中，要在奔涌中

肆意汪洋，化作泡沫！

茉莉

五月不可能带给我
比你更可爱之物了，
洁白花儿溢出芳香
奇妙的甜，阳光的热。

你是第一个爱的信号
用你朴素的花瓣装点，
白如雪，光微闪，
怯怯的渴望向上燃烧。

没人可以忽视你
即使一个坚硬无趣的男人，
你野性的香气
也会用爱之梦将他萦绕。

我没有哪一春，
不是在你的香气中迷醉，
甜蜜而苦楚，从你的微光中
初次的爱看向了我。

罂粟

我喜欢你，你这大胆的红，
如此渴求阳光、野性而蓬勃，
在日与夜的夏日芬芳中
如此绽放，欢快摇摆。

而你在睡梦中又这样宁静，
像在守护一种忧伤，
因你这激荡狂野的欲望，
仅可持续一个夏天。

味

风信子之味

太沉了，无法随着风，
飘入蜜甜的云中
被迷醉的人觉得它甜而催眠
如一个轻软的梦来到脑中。

石竹之味

熊熊燃烧，华美炙热，来去如风
在梦幻夏夜
随人们的歌声轻轻打拍，

来了，盛开，又离去
在暖热空气中
如一场匆匆散去的华宴
在你这儿留下一点疼痛念想。

紫罗兰之味

自己轻柔而禁欲地摇晃
在浅绿色的篱笆上，
诱惑你，让你靠得更近，
玩一个调皮的捉迷藏游戏，
在你灵魂中轻轻释放
一种久已忘记的，
甜美，却又难以计量的
乡愁之爱。

木犀草之味

你必须闭上眼
从那朴实的花儿吸取；
它便会隐隐让你
不断在心里忆起故乡。

茉莉之味

整夜摩挲着花园边缘，
迷醉于奇异诱惑，
睡者苍白额头上压着
爱之梦的情欲花环。

玫瑰之味

带你进入甜美魅惑，
充满爱意地轻抚你
如一首情歌般
充满美的感知，
无与伦比的纯而柔：
你无法将其估量，
只感到一种甜蜜的遗忘
和一种甜蜜的当下。

天芥菜之味

带一种暗黑惊艳的诱惑
如兴奋舞蹈后
女子发丝上渗出的
晶莹汗水。

水仙之味

基调酸涩，却轻柔，
当它混入大地之味，
被温热的午风携裹，
如静客般过窗而入。

我思忖
是什么让它如此可爱：
因为它是我母亲花园里
每一年的头生子。

最先绽放的花

溪水边，红柳后
连日来开出黄花数朵
睁着她们金色的眼。

我虽是久离纯真之人，
心底的记忆却被触动
人生当年的黄金之晨
花也是这般莹莹看我。

我本欲折下花朵；
想想还是任其在此生长吧
我一个老人，独自归家。

草地卧躺

难道这一切，花儿嬉游，
绒绒夏日草地明亮斑斓，
晴空柔蓝，蜜蜂歌唱，
难道这一切，正是神的一个
呓语梦境吗？
是神秘能量释放的呼喊吗？

远处山峦的线条，
优美分明地在蓝天中静默，
它是否也只是挣扎，
只是地壳运动的狂野隆起，
只是痛苦，只是折磨，只是徒劳试探，
难道永不休止，永无安宁？

哦不！走开，你这讨厌的梦
这来自世间苦痛的梦！
暮光中的蚊虫之舞摇醒你，
鸟鸣声摇醒你，
一丝清凉风儿轻抚我额头。
走开，古老的人类痛苦！
也许到处是折磨，
到处是痛苦和阴影——
但这个甜美的夏日时刻不是的，
红色三叶草的芬芳不是的，
我灵魂中那深深的、温柔的感触
不是的。

树木

　　树木于我而言一直是最殷切的导师。我敬仰在森林和树丛中家族群居的树，但我更敬仰独自生长的树。它们并非懦弱的逃避者，而是伟大的孤独者，如贝多芬、尼采——它们的树梢吟诵着世界，树根植根于永恒。它们不会迷失于孤独，而是用所有生命力量追逐一个目标：实现那个常驻于心的独特法则，完善自身，显现真我。没有什么比一棵强壮美丽的树更神圣、更具榜样作用了。当一棵树被锯倒，致命伤口露向太阳，你可在木桩的浅色截面上读到它所有的历史：年轮和节疤上忠实记载着所有奋斗、困苦、疾病、幸福、繁荣、灾年和丰年，承受过的打击与风暴。而每一个农家子弟都知道，最坚实高贵的木有最密的年轮，它们高高长在山上，在无休止的危难中，长出最坚不可摧、最有力、最典范的枝干。

树木是圣哲。懂得与树木对话、倾听树木的人可得真理。它们不用教条和手段传道，它们不关心琐碎，它们只教导生活的根本真理。

一棵树说：在我体内藏着一个核心、一束光亮、一种思想，我是永恒生命中诞生的生命。永恒之母大胆创造了我，我是无可复制的尝试和杰作，我的形态与肌理无可复制，我叶冠的每一场舞都无可复制，就连我树皮上最细小的疤痕也无可复制。我的责任所在，就是用这无可复制的生动表达，去创造和显化永恒。

一棵树说：我的力量就是信任，除此以外别无他虑，尽管我对祖祖辈辈一无所知，对百子千孙也一无所知（每年撒播的那些种子对我来说一生是谜）。我相信神就在我体内，相信我的任务是神圣的，我为这样的信仰而活。

当我们感到悲伤，无法再忍受生活，一棵树就会对我们说：安静，安静！看着我！生活既非容易，生活亦非艰难。让神在你心里说话吧，那些妄念就会沉默。你慌了，因为你走的路偏离母亲和故乡，但其实你的每一步、每一天，又将你拉近母亲身边。故乡不在此处或彼处，除了在你心中，故乡不会在任何地方。

当我听见夜风中树儿簌簌响，心中撕扯着云游四方的渴望。长久静听，这云游愿望便展露了它的内核与意义：看似逃避痛苦，实则不然，它是对故乡、对母亲的回忆，是对生活崭新意义的渴望，是归乡之路。每条路都通向家园，每一步都是新生，每一步都是死亡，每一个坟墓都是母体。

当我们对自己的妄念怀有恐惧时，树木便在夜晚这样簌簌吟唱。树木的思想更缓慢、绵长而安宁，正如它们比我们拥有更漫长的生命。在我们还听不懂树时，树木比我们更智慧；一旦我们学会了聆听，我们短促、匆忙、愚妄的头脑就会获得无与伦比的快乐。学会聆听树语者，便不会再渴望变成一棵树，不再向外求：这就是故乡，这就是幸福。

1918

被修剪过的橡树

树啊，他们怎么把你剪成这样了，
你看起来好陌生好怪异！
你又是怎样一忍再忍，
直到一无所有，除了倔强和意志！

我和你一样，历经破碎、
痛苦的生活却未垮掉
每一日都从承受的苦难中
再一次将额头浸入光明。

我那曾柔软细腻的心，

被这世界狠狠嘲笑过，

但我的本质不可摧毁，

我心安，释然，

从容生出新叶

我曾数百次地被从枝头劈开，

虽经历了一切苦痛

仍爱着这个疯狂的世界。

告别博登湖

没有什么比离开一幢长期生活工作过的房子更让人难过了……

你郁闷走过空空如也的一间间房，脚步大声发出陌生回响，不断有这种感觉，这是最后一次在这里了，总得来一场像模像样的告别，但其实心里只有厌倦，以及向前走不再回头的渴望。

当我从博登湖畔的房子搬出时，心情也是如此。最后我逃到花园里。枕头和布缝家具堆在被孩子踩乱的沙地上，破损的树篱那边，灰暗的搬家车虎视眈眈。我沿着五年前种的树篱走向小木屋，那里至少还有一堆被我锯断劈好的柴火，但砍刀、斧头、锯子、铲子、铁锹和耙子都已被收走了。前方沙路上前阵子疏于打理的地方长出了草。而一旁两行傲人的长列是我的红锦葵，这条华美之路上的所有锦葵都是我从种子培育起的。我打算在新住处再重复一遍这个过程。几只山雀挂在沉甸甸的向日葵上，啄食着葵花子；灌木上悬着晚熟的血红覆盆子；房屋北墙上的爬墙虎已是一片灿烂。我在畦间长草的小径上忧郁地散着步，发现一个橡皮球和一个坏掉的小木马，这些是孩子们遗留下的，他们已启程前往新居多日了，早已在对新家的期待中，忘了这个昔日的最初家园。我的长子曾在这儿协助我撒种和灌溉，那边还有他自己的小园子呢，种着向日葵和大丽花。

篱笆那一边，静谧大地在它的秋日迷蒙中沉睡，还有那片湖，那片我年年月月无论干什么都会看着的湖。远处的康斯坦斯大教堂显得小而朦胧，近处则能看见对面施泰克博恩那灰色的、线条分明的塔楼，雨雾悬在赖兴瑙岛上方。这四周没有哪一处，不是我观看过万千次的，它们的印象也与我内心的万千体验连接缠绕……

搬家并非享受，甚至令人讨厌。然而凡事都有两面，对我而言搬出旧宅有多烦人，搬进新屋就有多美妙。我常在工匠和帮佣中撞见忙碌的妻子；屋子已收拾得七七八八，可勉强在其中睡觉吃饭。接着我们就开始搬入了，那是座老旧的伯尔尼乡村别墅，位于郊外、远离市区，带一个结构严谨对称的古园、一口自流井、几只狗和家畜、一片有枫树橡树和山毛榉的小树林……

我们在屋中敲敲打打，量量摆摆。凡此种种，大家都干得兴致勃勃，因为这些都只是临时的，无需太过较真。无论谁摆放、绷紧或钉好了什么，都会说句："先这样挺好，反正晚些还可以再改……"

小憩时，就走上紫藤密密攀绕的游廊，看看天色是否放晴，若天晴就能看见山了；或是俯瞰荒园，思考怎么好好打理它。树下有些果子，花坛中有些晚花及芜生的草莓藤蔓，夹杂着晚熟的小果和栗子。深棕色的栗子仁在爆裂的壳中发亮。此刻会设想一种勤奋又安宁的生活，对未来充满兴致勃勃的期盼。

出自随笔《搬家》，1912

位于伯尔尼城梅欣比街的那幢房子，就在维蒂希科芬宫上方。自巴塞尔时期以来[1]，我们这类人适合什么样的居所是越来越清楚了，而这幢房子从任何一方面来说，都契合了我们一贯坚定的设想。它是一幢伯尔尼式的乡村别墅，配圆拱形的伯尔尼山墙，以其强烈的不规则形状展现出一种迷人特质；这是一幢最舒适的房子，就像专为我们而设，结合了田园与典雅两种风格，一半原生古朴，一半庄重高雅；这是十七世纪的房子，帝国时代装饰细节犹在，庄严古树环绕，一棵大榆树荫蔽；房中充满了奇妙角落和别致细节，有些很惬意，有些挺阴森。这幢别墅还带有一大块农场兼农舍，被转给了一户佃农，我们能从他们那儿获得供全家喝的牛奶和供花园用的粪肥。我们的花园朝南、两条台阶严谨对称地衔接两个露台。园中有果树，屋外约两百步之遥，还有一小片古树森林，当中一棵华美山毛榉矗立在小丘上，统领这片区域。屋后一个优美的石砌泉井在潺潺流水，向南的大游廊被硕大的紫藤包裹，在那儿可一览附近风景

1　黑塞曾有两段时光在巴塞尔度过，一段是 1881 年至 1886 年的童年时光，另一段是 1899 年至 1904 年作为书商助手在巴塞尔工作。

和山林：从图恩丘陵地带一直延伸至韦特山，群山尽收眼底，壮阔的少女峰山脉就在其中。我在自己的小说《梦想之屋》中对屋和园有着类似描写，而这部未完成作品的标题，是为了纪念我的朋友阿尔贝特·维尔蒂[1]，他曾以此命名他的某幅独特画作。屋中也有不少有趣且珍贵的东西：漂亮的老式瓷砖壁炉，老家具及配饰，玻璃罩下优雅的法式钟摆，带淡绿玻璃框的高高古镜，人若映照其中便如先人画像……还有一个大理石壁炉，我每个秋夜都用它生火。

　　最终……在 1919 年春天……我离开在伯尔尼住了七年的魔幻居所，去了卢加诺，于索雷尼奥度过数周，寻寻觅觅，在蒙塔诺拉找到了卡萨卡木齐并于 1919 年 5 月搬入。我只让人从伯尔尼搬来了我的桌和书，其他家具都是租来的。到目前为止，这是我搬入的最后一幢房子，已住了十二年，头四年全年常住，之后数年仅在温暖时节居住……

　　这幢美屋对我而言颇具意义，且从一些方面来说它是我所拥有过的居所中最原汁原味、最美妙的。我在这里一无所有，自由自在，我也不住整幢房子，而是作为

1　Albert Welti 是瑞士画家，于 1912 年去世，黑塞一家于同年搬进他在伯尔尼的这幢房子，一直住到 1919 年。

租客住在其中一套四室公寓中。我不再是房主，不再是拥有大屋、孩子和仆人的一家之主，不再召唤狗狗、打理花园、我现在只是一个小小的落魄文人，一个衣衫褴褛、形迹可疑的外乡客，只靠牛奶、米和通心粉充饥，我的旧西服已穿破开线了；秋天的晚餐，就是我从森林捡来的栗子。

我便这样在卡萨卡木齐生活了十二年，这里的园和屋出现在《克林索尔》[1]，及我其他作品当中。我也多次画过这个房子，描绘它复杂多变的轮廓。特别在过去这两个夏天里，作为告别，我从阳台、窗子和梯台画下它所有的角度，还画了花园的角角落落……

剧场般富丽堂皇的阶梯由大宅门向下通往花园，园中又有许多带石阶、斜坡和墙的梯地，一直往下通向山谷。许多古老高壮的南方树木枝叶交错，由紫藤和铁线莲环绕，于是这幢房子几乎隐没在村落中。但从下方的山谷向上望，房子在宁静的山脊上十分显眼，配着阶梯式山墙和小塔楼，很像艾兴多夫[2]小说中的乡村宫殿。

---

1 黑塞中篇小说《克林索尔的最后夏天》，1920 年由费舍尔出版社出版。

2 Joseph von Eichendorff 是十九世纪德国浪漫派诗人和作家。

一些事在这过去十二年里改变了，不只在我生活中，也在房屋和花园里。比如下面花园里的一棵老紫荆在一个秋夜被风暴摧倒了，它是我所见过的最大的紫荆树，年复一年于五月初至六月繁花似锦，而在秋冬则长出很特别的紫红豆荚。克林索尔[1]的那棵巨大夏玉兰，就紧紧挨在我们阳台前，魅影般的大白花都差点探进房间了，树却在我某次外出时被人砍断。

如果我继续孤独生活，如果我没有再一次找到生活伴侣[2]，那我大概就不会想到要离开卡木齐屋。

《迁入新居时》，1931

1　克林索尔是黑塞小说《克林索尔的最后夏天》中的主人公，一位画家。

2　黑塞于 1931 年与艺术家尼侬（Ninon）结婚，搬入 H.C. 波德莫为他建造，供他终生居住的房子卡萨洛萨。

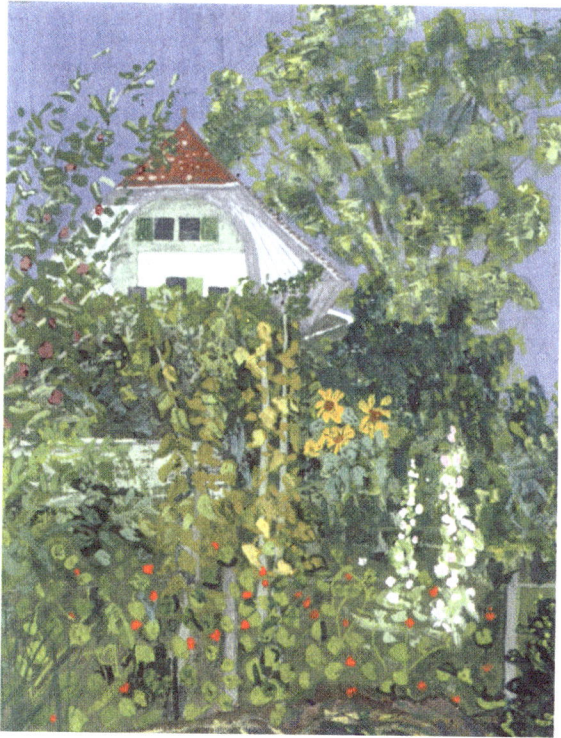

伯尔尼梅欣比街的房子，黑塞一家于 1912 年至 1919 年租住于此

蒙塔诺拉的卡萨洛萨宅，通往葡萄园的台阶

蓝蝴蝶

一只小蓝蝶翩翩飞舞
翅膀被风吹起，
一阵珍珠雨，
闪亮，晶莹，消逝。

我看见幸福向我招手，
也是这般惊鸿一瞥
这般轻拂而过，
闪亮，晶莹，消逝。

丢失的折刀

　　昨天我丢失了一把便携折刀，并从中体会到了一点：原来我的人生哲学和随遇而安建立在如此脆弱的基础之上，因为这小小损失竟让我大大地忧郁了。我到今天都还在想这把丢失的折刀，连我都要嘲笑自己多愁善感了。

　　一把折刀就让我如此忧郁，真是个坏信号。它属于我的一种怪癖，一种我总在批判和克服，却又无法完全丢掉的怪癖：我会对自己某段时间内拥有的东西产生极大的依赖，当我必须告别常伴身边的一件衣服、一顶帽子、一根手杖，乃至告别一间久住的屋子时，都会不舒服，有时甚至微微痛苦，更不要提刻骨铭心的分离和告别了。伴我经历十几年人生变迁的物件不多，这把折刀就是其中之一。

　　我虽拥有几件来自遥远过往的古董：一个母亲的戒

指、一只父亲的钟、一些童年照片和纪念物，但这些物件其实是死的、是博物馆，它们躺在柜子里，我一年也看不了几次。但这把小刀，却是多年来我几乎天天用的东西，我曾数千次在口袋中拿放它，用它劳作和把玩，曾数百次用磨刀石将它打磨，也曾在早年间多次失而复得。我爱这把小刀，它值得拥有一曲挽歌。

　　与我一生中用过的许多普通折刀不同，它是一把园艺小刀，结实光滑的木柄中装有一片独特而锋利的半月形刀刃。它既不是奢侈品也不是玩具，而是个严肃坚实的武器，一个有着古老经典款式的耐用工具。这类款式来自父辈的经验，来自千百年的传统，常常能一直抵御工业化的冲击。工业总是野心勃勃试图用不耐考验的、毫无内涵的轻佻新款取代那些经典老款，因为工业正是建立在这样的基础之上：现代人不再珍爱自己的工具和玩具，而是轻率频繁地更换它们。若在过去，人一辈子只买一把坚实好用、款式高雅的小刀，并用心保有它一生，哪还会有那么多刀具工厂存在呢？不，如今人们快速更换小刀和叉子、袖扣和帽子、手杖和雨伞，工业实现了这一点，让一切服从于时尚，而人们也无法要求这只为一季而生的时尚，能像古老真挚的经典款式那样美妙、灵动与纯正。

还能忆起刚得到这把镰形园艺刀的日子，那时我在各方面都春风得意：新婚燕尔，逃离了城市，摆脱了糊口职业的桎梏，开始在博登湖畔的一座美丽村庄里从事自由职业，只需对自己负责。我写完并自认为不错的几本书都取得了成功。闲来可湖上泛舟，妻子在期待第一个孩子。于是我开始着手这件心中大事：建一座自己的房子，布置自己的花园。地已买好，边界也已标出，当我走过这块地，常郑重感受到这件事的美好与尊严。我感觉是在为今后的所有时光奠定基石，是为我自己、妻子和孩子建立家园和避风港。房屋已规划妥当，花园也依照我的设想逐步成型，有了宽而长的主道，一口水井及带栗树的草坪。

那时我快三十岁，有一天蒸汽船为我运来一箱沉沉的货物，我把箱子从栈桥拖上来。它来自一个园艺厂商，里面有许多园艺工具，如铁锹、铲子、镐子、耙子、锄子（其中鹅颈锄令我着迷）等等。里面还有几件用布小心包裹的、小而精美的东西，我欣然拆开观赏，其中就有这把小弯刀。速速开封检视：崭新的钢刃闪闪发光，刀背弹簧可强有力地绷紧，镀镍的刀柄也光亮照人。那时的它只是个小小附属品，是我订购的设备中一个极小的配件，我何曾会想到，在我年轻时曾拥有的所有物件中，从我的房屋和花园、家庭和故乡中，它会是最后一件留在我身边、依然还属于我的东西。

没过多久，我就险些被这把折刀误切下一根手指，那伤疤如今还在。这段时间里花园布置好了，种上了植物，房子也落成了。多年来我凡入园中就一定带着这把刀。我用它修剪果树，剪下向日葵和大丽花捆扎成束，还用它为我儿子削鞭柄和箭弓。除去短途旅行，我每天都要在园中度过数小时，全年亲自打理这花园：翻土和栽种、撒种和浇灌、施肥和收割，而冷天里我也常在花园一角生起一小堆火，将杂草、老树根、废木料和各种残渣一起烧成灰。我的儿子们喜欢参与其中，将他们捡来的枝条和芦苇秆放入火堆，用火烤土豆和栗子。有一次，我失手将小刀掉入火堆中，刀柄被烧出一小块焦痕，这焦痕就一直留在刀柄上，因而，我能从全世界的小刀中认出这一把来。

有阵子我常旅行，因为住在博登湖畔的美屋中已不再那么快乐了。我频频扔下我的花园去周游世界，像把什么重要之物遗忘在某处。我一直旅行到苏门答腊的最东南，看见巨大的绿蝴蝶在热带丛林中闪烁微光。当我旅行归来，妻子与我达成一致：我们必须离开这处房子和村庄了，越来越大的儿子们必须上学，而且还有许多其他事情。我们讨论了许多，但有一点我未告诉任何人：待在这儿已经失去了意义，我曾在这幢房屋中憧憬的幸福与舒适，到头来只是幻梦一场，我必须将之埋葬。

在一个老树参天的华美古园里，每年春秋我还按老习惯点燃篝火。新家靠近一座美丽的瑞士小城，不远处是庄严雪山。生活使我痛苦，搬了新家，却有很多艰难和不如意，我就归咎于这个，归咎于那个，也常在心里自责。当我注视着这把强劲的花园小刀，想起歌德就多愁善感的自杀发表的杰出言论——不要把死亡当成一件便捷之事，而是当作英勇之事，（若要死）至少该亲手将刀子捅入自己心脏。而在这一点上，我就和歌德一样缺少勇气。

没过多久，战争来了，我就不必再为不满和忧郁寻找理由，而是清晰地认识到它们，并知道没有什么可被治愈了——无论如何，坚持下去，度过这时代的深渊，是针对自私的忧郁与失望的极好治疗。那段时间我很少用这把折刀了，因为有太多别的事要做。接着，许多事件纷至沓来，先是德意志帝国和它发动的战争，身在国外看到这些实在无比痛苦。而当战争结束时，我的生活也已发生了翻天覆地的变化，我不再拥有花园和房屋，必须与家庭分离，开始品尝孤独和沉思的日子。在被流放的漫长冬日里，我喜欢坐在寒冷房间的小壁炉前，焚烧书信和报纸，用我这把旧折刀削木头，把木料扔进壁炉，凝视火焰，仿佛看见我所有的生活、野心、学问及全部自我渐渐被燃烧殆尽，化为纯粹灰烬。尽管之后的岁月中，自我、野心、虚荣与幽暗欲望仍旧一次次将我缠绕，但我还是找到了庇护所，认识到了一种真理。而那个我在现实中无幸建立与拥有的故乡，却开始在我心中生长。

我如此想念这把伴我走过长路的花园小刀，这份想念，既非英勇亦非智慧，但我今天并不想英勇或智慧，明天还有的是时间呢。

1923

古园

子夜，精灵时间。
大门庄重敞开
铁艺锻造，黄金镶边，
绿枝为冠，红色束带
高高的门扇发出轻轻的声响，
花团锦簇的一大队人
窸窸窣窣涌入。

细辫精梳，脸颊扑粉[1]
一队盛装的绅士淑女
有丝绸衣裙和法文名字，

1　这里指的应当是法式宫廷装束。

有流畅言谈和优雅举止，
有蓝燕尾服和红色背心
绅士们着粉与天蓝礼服
淑女们拿着大大的羽扇。

人们站成堂皇行列，
三三两两闲谈，
笑脸相迎，点头问安，
幽默道出风雅的金句
跳出温文的舞步，
大笑、窃笑，诱惑和被诱惑，
用行家的眼光打量着
神像雪白闪耀的曲线。

人们吃着甜杏快活小憩
互掷大朵紫、白和黄的玫瑰
花瓣散落。
钟声敲响，对影消散；

我望出窗外，又看回来
空气中只余兴奋的窃窃私语

和绸缎礼服上的馨香，

一阵风过，将这些吹向山上的森林。

再来几阵，就将一切吹得烟消云散

所有的戏谑，客套的谎言，

甜美的凝视，虚伪的情感

粉红面具掩饰下的冷漠。

我在床上已经躺了很久

强迫自己入睡

当人们跳着小步舞曲

在下面进行着老派的谈话，

我总算睡着了。

如同儿时的童话

那边夜花园中的野生植物多美啊！我怎么这么快就坠入爱河，如同爱上一位女子！我爱上了花园，内心渴盼着它。我有多久不曾拥有花园了！有多久住在火车车厢和旅馆里！

时间还早，只是晚上九点，但小城看起来已睡去。我不想再这么站着，便跑开，走下阶梯，走出房子，走过一个喷泉流淌的小广场，走过小巷，一切都是死寂的。我找到了以前就想走下去的那条小巷，花园就在小巷里，也许围墙会有个门，我得找找。

它没有门，没有，连一个让人往里窥探的洞都没有，现在我对花园的渴望被正式唤醒了⋯⋯找到墙壁一处裂口、可踩上脚的地方，双腿用力一蹬，即刻便骑在墙头，接着一滑下到花园里。

我双手撑地落在前面柔软的草丛中，碰到一丛散发奇香的灌木，闻起来像古老的东西，似来自遥远的生活过往，也似来自最早的童年时光。这味道是多么美妙而令人振奋啊，闻起来像原始时代，听起来像母亲和祖母的吟唱，它转变了我和世界，我不在此处，不在彼处，不在这个城市和它的花园中，而在古老的原始森林中央，在永恒、感觉和回忆的中央。我嗅到土地，它诉说着童年的花圃，那时我还是个孩子，将一株报春花栽种在花盆里，按压芬芳的泥土，然后浇水。这是第一次种下点什么活的东西，它属于我，会生长，用根部在黑色泥土中汲饮。而我自己也扎根泥土，从大地之中啜饮，从原始世界汲养，在庄严黑暗中萌芽，时间和形态都沉默了，一切都在初始，一切都在生发，尚不存在人类或植物。

一声响将我从这混沌中惊醒；朦胧中一只青蛙从我面前溜入夜色中，脚掌轻轻拍击地面。它已走了，但一个新的深渊在我心中撕开了口子，那自幼时起便寻觅又逃避的深渊，神秘而诱人。暗湿、黏滑、陌生、青蛙和蛇、恐怖、深深的好奇、对危险和禁忌的怕。即使是这样一个始于我童年想象的暗黑幽界也最终归于混沌，在自我与人类以前，在原始恐惧之深渊中——既神圣又可怕，既充满创造力又连接死亡。

我绕过树和齐膝的草，绕过芜杂的路、荒凉的花坛、飞蛾、蟋蟀。这一切一切，灌木的每片叶子，空气的每次颤动，都充满了连接，带来沁醒、回忆和狂喜，都能触到我的内在，回溯至大象无形。在这一瞬，我领会到神话文字如同混沌与创造，而理性文字如同历史与发展，它们并非交替出现的，而是同时交织在一起。远古并非比今日更古老，并非"曾经"，因为"过去"与"现在"是同时的。

与我之前期待的不同，如今这座花园并非老辈文化中美丽动人的风景，而是神奇的游乐场、远古森林、精神舞台。世上任何一处都可是森林和庙宇，小巷和房间，草地和火车站，我们可在每一个瞬间进入远古世界，进入神话和永恒——

尽管这很少发生，我们极少感知到这种魔力。我跟随飞蛾在一片印度森林中飞翔，呼吸到儿时童话中的树叶味道，骑在马上、坐在学校长椅上、爬在树梢和船的桅杆上摇晃，追逐天堂鸟，躲避巨兽，既成熟又年轻，既是矮子也是巨人。在花园中我什么都见不到，它太满了，有太多国家和地域，太多时代，太多城市和花朵、星星和雪山。

出自片段《墙的另一边》，1925

哀老树

自那场"清新欢快"的战争结束近十年来[1]，我就不再与人日日社交、长期相伴。虽然我不缺朋友，但和他们的接触是聚会性的，而非日常性的，有时他们拜访我，有时我拜访他们：我已不习惯与人朝夕相处。独居生活中，平日与人的互动逐渐被与物的互动所取代：伴我散步的手杖、喝牛奶的杯子、桌上的花瓶、放置水果的碗、烟灰缸、带绿罩的落地灯、印度黑天小铜像、墙上的画，还有最后要说的至妙之物——小居室墙架上的那些书，无论清醒时还是睡梦中，无论进餐时还是工作中，无论在好日子还是坏日子，它们都陪伴我，如熟悉的面孔，予我似在故乡、在家中的美好错觉。我的亲密物件还有不少，这些东西的样式质感、默默服务和无

---

1 指的是第一次世界大战。黑塞在讽刺。

言表达都是我所挚爱、不可或缺的，当其中某一件离开我，当一只老碗打碎、一只花瓶跌落、一把小刀丢失，我都感到怅然若失，要向它们告别，追思片刻并献上悼词。

还有我那带一面斜墙的书房，虽然旧的金色墙纸已完全褪色，天花板灰浆已开裂，但它是我的同伴和朋友。那是间美室，没了它我会迷失。不过它最美之处还是通往小阳台的那个门。通过它我不仅能看见从卢加诺延伸至圣马梅泰的湖[1]，看见周边湖湾、山峦及远远近近的点点村庄，还能俯瞰最爱的景色：一个古老、安静而迷人的花园，庄严老树在风雨中摇晃，狭窄陡峭的梯台上长着美而高的棕榈树，以及华丽绽放的山茶、杜鹃、玉兰、紫杉、欧洲山毛榉、印度柳、高大的长青夏玉兰。从我房间望出去的这片景致，这些梯台、灌木和树，甚至比这间屋子及其中物件更属于我的心灵和生活，它们是我的朋友和邻人，与我共生，对我忠诚，值得信赖。当我向这花园投去一瞥，它也回看我，那并非给某个陌生人的陶醉或淡漠眼神，而是怀有更多深情意蕴，因为这幅景象是我年复一年，日日夜夜，在每一种

1　此处指的是瑞士卢加诺湖。

时节或天气所熟悉的。我清楚每棵树上叶子花果的种种生长状况，它们中的每一位都是我的朋友，每一位的秘密我都知晓，失去这样一棵树，对我而言意味着失去一位朋友……

春天花园被山茶花映得通红，夏天棕榈树会开花，蓝色紫藤攀爬在高高的树上，到处都是。但那棵矮小奇特的印度柳却很晚才敢吐出叶芽，约到八月中旬才开出花来，这棵树虽小，看起来却十分古老，而且有半年时间貌似冻僵一般。

但这些树木中最美的那一棵却不在了，它已在几天前被暴风吹折。我见它倒在地上，尚未被拖走：这样一个沉重古老的巨人，树干已弯折破损，它原来生长的地方，现在露出一个宽大缺口，人透过缺口能看见远远的栗树林和一些曾被遮挡的小屋。

那是棵南欧紫荆[1]，它的名字让人想到背叛了耶稣的那个人，但在这棵树上看不出此压抑典故，噢不！恰恰相反，它是园中最美的树，而且正因它之故，我几年前才租下这套居所。那时战争刚结束，我之前的生活已失败，作为难民，孑然一身来到此处，想找个落脚处，让

1　紫荆树的德语直译名为犹大树。

自己工作和思考，从内心将那个被摧毁的世界重建。当时我在找一套小寓所，当我看到这套时，感觉并不差，但击中我的是女房东带我到小阳台上来的那一刻：克林索尔的花园就突然出现在下面，中央一棵大树正绽放着明亮的粉紫花儿，我当即询问了这棵树的名字，知道它是紫荆（犹大树）。从此，它每年都会开出成千上万粉紫花儿，密密贴着树皮，有点像欧亚瑞香。花期持续四至六周，然后才长出浅绿叶子，而之后，这些浅绿叶中就会挂上深紫的、充满神秘感的豆荚壳，密密匝匝。

当人在词典中查找"犹大树"，当然不会获得很多启发，词典关于犹大和耶稣只字未提！只说这棵树属于豆科，学名叫Cercis Siliquastrum，故乡在南欧，在那儿被视作一种观赏性灌木，人们也管它叫"假约翰面包树"，天知道，真犹大和假约翰是如何被混为一谈的[1]。看到这儿我哭笑不得，"观赏性灌木"？！这棵树可是巨人，有着如此粗壮的树干，有着我盛年时也不曾有的壮实，它的枝冠从花园深谷伸出，几乎长到小阳台的高度。它是杰作、是栋梁！幸好我并未站在这棵"观赏性灌木"底下——在它被风暴折断摧毁，并像座灯塔般倒

1　黑塞在玩文字游戏。

塌时。

反正过去一段时间也乏善可陈，夏天忽然病了，让人预感到他来日无多。在第一个真正的秋雨日，我必须为我最爱的朋友（不是树，是一个人）送葬，自那之后夜凉多雨，我也未再真正暖和起来过，也常常渴望外出旅行。空气中满是秋的味道，是衰朽、棺木和墓之花环。

此后某一夜，作为一场美洲大洋风暴的余波，南方刮来狂野风暴，摧毁了葡萄园，吹倒了烟囱，甚至毁坏了我的一个石砌小阳台，并在最后几小时，把我的紫荆树也带走了。我还记得，我在少年时有多喜欢豪夫或霍夫曼[1]的华丽浪漫小说中，对赤道热带风暴的壮观描写！啊，正如小说中所写，这厚重的热风暴是如此激烈、壮观、狂野，有着令人窒息的压迫感，仿佛是从沙漠吹入我们这个平静山谷，上演一场美国式的胡作非为。那是一个炎热夜晚，一分钟都没法睡，除孩子外全村人都未合眼。到了早上，四处散着残砖破瓦、碎窗玻璃，葡萄藤的残枝败叶。但对我而言最糟糕最无可挽回的，就是这棵紫荆树倒下了。虽然以后会补种一棵新树，但待它

1　Wilhelm Hauff 和 E. T. A. Hoffmann 均为德国浪漫派作家。

长到其先辈一半高大时，我早已不在人世。

当我不久前在连绵秋雨中埋葬我亲爱的朋友[1]，看见棺材在潮湿的墓穴中消失，心中竟生出一丝安慰：他找到了宁静，他摆脱了这个不善意的世界，超脱了挣扎和忧虑，踏上彼岸。然而对紫荆树来说不存在这样的安慰，只有我们可怜的人类会在埋葬同伴时，笨拙地自我安慰："现在他无忧无虑了，这终究是值得羡慕的。"我无法对我的紫荆树说出这种话，它肯定是不愿死去的，尽管年事已高，它还是年复一年热情华美地绽放万千耀眼花朵，又欢快勤勉地将它们化为果实，先将果实的绿豆荚染棕，而后染紫。没有谁看见这种树死去会心生羡慕。或许它有点看不起我们人类，或许自犹大时代它就看透我们了。现在，它的巨大尸体就躺在花园里，而且它在倒下时还压死了一片幼小植物。

1927

1　这位朋友是德国作家 Hugo Ball，达达主义的创始者之一。他于 1927 年离世，时年 41 岁。

日记页

今天，我在屋后山坡上

在根茎和石子中

挖凿了一个足够深的坑，

捡出每一颗石子

弄掉松碎的薄土。

然后我在那儿跪了一个时辰

在老林中用泥铲和双手

从腐败的栗树残枝中挖出

黝黑霉烂的泥土

还带着温暖的菌菇味道，

我装满沉沉两桶，抬上山

并在坑中种上一棵树，

用心填上一圈带细炭的土，

缓缓浇入被阳光晒暖的水

并轻柔地冲洗、浇透根部。

他站在那儿，瘦小而年轻，
但他会一直生长
当我们都已湮灭，忘却了岁月中
喧腾的大事、无尽的苦难
和迷乱的恐惧。
热风会吹弯他，风雨会拔扯他，
太阳会嘲笑他，湿雪会压迫他，
鸟雀会在他身上筑巢，
树下会有安静的刺猬掘土。
他会经历、品尝、承受一切，
岁月流转，鸟兽更迭，
压迫、疗愈、风和阳光的爱抚，
每日都会从他胸中涌出
汇入树叶的簌簌吟唱，
汇入树梢的优美曼舞，
汇入花露的润泽芬芳，
汇入光影的永恒游戏，
自娱自乐，心满意足。

晚夏

晚夏仍然日日送来饱满的
甜蜜温暖。花儿的伞状花序之上
一只蝴蝶懒懒扇动翅膀，飞去飞来
闪烁丝绒般金光。

夜与晨呼吸着湿润
温润的薄雾中
亮光一闪，桑葚树上
一大片黄叶被吹向温柔蓝天。

蜥蜴憩息在被阳光晒暖的石头上，
将自己藏在葡萄叶的阴影中。
这世界像被施了魔法，怔住了
沉在睡里梦里，不许你叫醒它。

偶尔飘来几段音乐
凝固成金色的永恒，
直到世界挣脱了魔法醒来
回归现实的勇敢。

我们老年人收获满满立于藤下
搓着被阳光晒黑的手温暖自己。
白昼还在欢笑，它还没有到头，
此刻此地依然令我们心旷神怡。

对照

　　盛夏已至，数周来我窗前的白玉兰一直满树繁花；夏玉兰正是南方夏天的标志，以看似懒散悠然、从容不迫，实则迅猛而挥洒的方式开着花。每次只有几朵，最多八到十朵花同时从雪白硕大的花萼中开放，尽管十分短暂，没有哪朵能开过两日，但花儿前赴后继，所以这棵树在开花的两个月里总是呈现一副不变的模样。花通常在清晨从苍白透绿的花蕾中绽放，幻梦般摇曳着，在玉兰树那深绿油亮的常青硬叶映衬下，如雪白绸缎一样反射亮光。花朵一整天都青春洋溢地摆动着，然后柔缓地褪色，边缘开始发黄，渐渐失去形状，最后带着一丝感人的臣服与疲倦之态，开始老去，这老去的过程只有一天。接着整个花瓣都褪色了，变成浅浅的肉桂棕。昨日曾如绸缎般的花瓣，今日却有了软皮般精细、嫩滑的质感：一种梦幻美妙的质料，一种像气息一样轻盈，却又坚固结实的物质。我的大玉兰树就这样日复一日开出它纯洁、雪白的花朵来，看起来都像是同一批。芳香从花枝飘进我房间，优雅、动人而香甜，让人联想到新鲜的柠檬，不过还更甜一些。夏日大玉兰（勿与北部著名春玉兰混淆）尽管很美，但并非总是我的朋友，一年中的某段时间，我是带着疑虑和敌意来看它的。它长了又长，在与我为邻的这十年中，它扩张得如此壮大，以至于春秋季阳台上稀薄的阳光都被挡了去。它变成了一个巨大的家伙，而这种剧烈繁盛的生长，在我看来总像一个疯狂长个的笨拙壮小伙。不过在这盛夏花季，它满怀敏感自尊庄严挺立，用它光亮如蜡的硬叶在风中鼓着掌，并小心翼翼照料它那娇弱的、太美也太易逝的花儿。

另有一株矮树与这开洁白大花的巨型玉兰树形成对照。敦实的矮树长在我小阳台上的瓦盆里，属于柏树那一类的，高还不到一米，却已快四十岁了。它是一个小小的、粗粝而自信的侏儒，有点动人，有点奇异，充满尊严，但也古怪得令人发笑。我是新近才收到它的，作为生日礼物。现在它就站在那里，伸展它那充满个性、似经受了数十年风雨而结疤的、仅长一指的枝丫，淡然看着下方那位只消用两朵花就足以将它遮挡的高大兄弟。它毫不介意，安之若素，即使高壮玉兰的一片叶就

089

有它一根树枝那么宽。它在自己小而独特的伟岸中伫立着、沉思着，完全沉浸于自我，看起来如此古老，就像人类侏儒的外貌也常有一种难以言传的古老，似超越了时间。

在笼罩了我们数周的暑热中，我很少出门，就待在闭着百叶窗后的几间屋子里，而那两株树，那株巨人和那株矮子，就是我的陪伴。大玉兰对我而言象征着万物生长的欲望、自然生命的本能召唤，无忧无虑，丰饶诱人；而毋庸置疑，沉默的矮树则象征了反面：它不需要这么多空间，也不享乐挥霍，它追求的是强度和耐力，不是自然，而是精神；不是本能，而是意志。亲爱的小矮树，你伫立于此，是多么超凡脱俗，多么苍劲古朴啊！

健壮、精明和盲目的乐观主义，嘻嘻哈哈拒绝深刻，肤浅懦弱不求甚解，享受当下及时行乐——这正是我们这个时代的口号——他们希望以这种方式自欺欺人，忘掉战争的沉重回忆。放大的无忧无虑，模仿来的美国做派，如一个伪装成肥婴的演员，有着夸张的愚蠢、难以置信的傻乐和灿烂（"笑容"）。这种乐观主义的时尚就在那儿，用簇新耀眼的鲜花、电影新星照片和数字记录，来矫饰每一日。根本无人在意这一切都只是瞬间光环，这些相片和记录只是过眼烟云，因为反正总有新玩意儿到来。他们通过这过于高调、过于愚蠢的乐观主义，将战争和悲哀、死亡和痛苦解释为人自己想象出来的愚蠢东西，根本无需担忧——这种夸大的、以美国模式发展起来的乐观主义，也把独立思想逼到了另一个极端，刺激它加倍地去批判，更深刻地去质疑，并且厌恶地拒绝这种糖果色的幼稚世界观，这种时尚哲学及画报中反映的世界观。

一棵是生机勃勃的玉兰树，一棵是超凡脱俗的矮柏，我坐在这两棵树木邻居之间，观察这当代的博弈，思考这一切，在炎热中打一会儿盹，抽一会儿烟，一直等到夜幕降临，森林吹来一丝凉风。

无论我做什么、读什么、想什么，随处都能遇到与当今世界一样的冲突感。每天我都会收到一些信，大部分来自陌生人，大部分也是好心、善意的，有时是赞同，有时是批评，但是所有人都谈论着同一主题，他们要么是令人难以置信的乐观主义者，不断批评、嘲笑和同情我这类悲观主义者；要么赞同我，但这狂热而夸张的赞同来自深深的痛苦和怀疑。

当然两者都有理，无论夏玉兰还是矮柏，无论乐观主义者还是悲观主义者，只是前者会将我当成危险人物。因为我没法眼睁睁看着他们心满意足、开怀大笑，而不想到1914年的情况，想到当时所谓的健康乐观主义，它曾让全民感到一切都那么壮丽而激动人心，也曾威胁要处死每一个悲观主义者，只因悲观者提醒大家，战争本是极危险和残酷的行为，而且也可能以悲伤终结。如今，一部分悲观者还在被嘲笑着，一部分已被处死了，乐观者们庆祝他们的大时代，年复一年地欢呼着、胜利着，直到他们自己和他们的人民欢呼倦了、胜利倦了，瞬间崩溃了，这时他们就需要先前的悲观主义者来安慰他们，来唤起重生的力量……我忘不了那种经历。

不，我们这些思考者和悲观主义者抱怨、评判和嘲笑我们这个时代是不对的。但归根结底，我们这些思考者（如今人们不怀好意地叫我们浪漫主义者）难道不该也是时代的一部分吗？我们难道不该像江湖艺人、汽车厂商一样拥有为这个时代代言、去体现它某一面的权利？我对这个问题毫不谦虚地给予肯定答案。

如同自然界的万事万物，这两棵树处于奇妙的对照中，却也并不关心这种对照，他们中的任何一位都能把握好自己和自己的权利，都强壮坚韧。玉兰树浆汁饱满，花香馥郁，而矮柏则更加深刻地回归自我内在。

1928

花枝

来来回回地
花枝在风中求索，
起起落落地
我那颗童心一样在求索
在明与暗的日子里，
在愿望与舍离之间。

直到花儿枯萎
枝头挂满果子，
直到这颗心，餍足于童稚，
终获安宁
而后明了：充满欲望而从不宽恕
正是人生永无安宁的游戏。

百日草

我亲爱的朋友！今年这个气候反常的夏天也要结束了，现在山峦就有了宝石般的光彩，明澈的轮廓，和轻盈、脆薄、甜蜜的宝石蓝，而这种蓝原本属于九月。清晨草上开始凝露，樱树叶悄悄转紫，金合欢叶也渐渐转黄。今夏连你们美因河以北的"爱斯基摩"地区[1]都很暖和，就可以想象，我们南方也一点都不冷。这真是个不寻常的夏季，连南方都下了暴雨，其中一场竟持续了四天之久；有好几次刮狂风，虽然壮美，却很难受，令我身体颇感不适。

然我并未辜负夏日时光。我享受了那份看似从苦厄中产生的幸福感，它是如此强烈而激情，天气的恶劣和肉身的疼痛都无法将其摧毁，而且对于我们这类人来

1　爱斯基摩在此处应该是对北德的戏称。

说，它也是最好的、独一无二的幸福了：充满热情地坐下来写作，去创造，去孕育。更多关于我这部作品的话先不说了，几年后我们会一起来讨论它的。我很佩服一些作家，为他们感到惊讶，他们总会一年年地被消息灵通的媒体报道："某某先生，我们伟大的剧作家，他目前正在莱茵河畔自家庄园里创作一部喜剧……"倘若是我正在创作的作品被报纸披露了标题和内容，我想，我会把全部手稿丢进壁炉烧掉——反正毁稿对我来说，是太经常的事了。有时一部曾花费我数周数月心血，精心创造的作品，会突然失去对我的吸引力；或是我忽然发现其缺陷，甚至彻底失望，将它搁置一边，直至销毁。

除了工作，我还读了一些美妙的文字。其中最美的，要数在七月夜晚的温暖宁静中重读施蒂夫特的《野花》[1]。亲爱的朋友，这是一本多么美好动人的小书啊！

您懂的，在经历了几周炎夏和辛劳后，我现在要享受一下宁静悠闲了。尽管并非无所事事——在"什么都不干的幸福"这方面，我一直缺少天赋，但我可以让生活慢下来，怀着觉知来观照夏天的消退。

在这夏日渐逝的时节，空气中有种澄明，我愿形

1　Adalbert Stifter 是一位十九世纪的奥地利诗人，擅写田园美景。

容为"如画"（如果画家们不把"如画"理解为"容易画"的话）。实际上，这种澄明极难用画笔来表现和赞美，而这恰恰不断激发了画家们去表现和赞美它的欲望——因为任何一种颜料都不会具有这般深邃魔幻的透亮，如珠如玉；任何一种晕影都无法拥有这种极富质感的柔美，淡雅清晰。植物界的颜色现在也是最美的：万物都已染上一丝秋色，但还未到秋天那种浓艳耀眼的程度。而花园中正盛开着一年中最光彩夺目的花朵：石榴燃烧如火啊，还有大丽菊、百日草、早紫菀和迷人的珊瑚倒挂金钟！不过最能体现盛夏初秋色彩魅力的，还要数百日草！我一直把这种花放在房间里，幸运的是它很持久。我带着无与伦比的喜悦和好奇，欣赏一束百日草从鲜妍至枯萎的整个过程。在花界，没有什么比一把新剪下的娇艳百日草更鲜亮，更生机勃勃了。它在光中闪耀，色彩欢呼着：最炫目的黄和橘，明快的红和梦幻的紫，就像天真乡村少女的缎带及周日盛装之配色。你可将这些强烈的色彩随意搭配混合，怎么混搭都美极了——它们不仅自身明艳，也可相互补充和协调，衬托并提升彼此的美。

我对您说的不是什么新鲜事，我也不敢以百日草的发现者自居，只是告诉您，我对这种花的热爱，因为它属于最舒适温暖的情感，这情感正是我长久以来所醉心的。然而，我这份也许老气，但绝不虚弱的爱恋，却在花朵枯萎时格外热烈地燃烧着——看着百日草在花瓶中慢慢褪色、凋败，我在经历一场死亡之舞，对于生命的流逝，有种悲欣交集的了悟，因为最易逝的，也是最美的，因为死亡本身也是美的、华丽的，值得去爱的。

亲爱的朋友，尝试观察一次吧，一束百日草八至十天的生命，趁着它慢慢褪色、风韵犹存的那几日，每天都好好观察几次！您会看见，这些在新鲜时曾最妩媚、最醉人的花，此刻却染上淡雅、慵懒、脆弱的色泽。前天的橙色，变成了今日的那不勒斯黄，而后天，又将变为染着一层薄薄古铜色的灰了。那种欢快的、乡土的紫红像被一层苍白的阴影对立面笼罩。越来越倦怠的花瓣边缘卷出轻柔的褶皱，显出氤氲的白，或一种难以言传的、令人心动叹息的灰玫色，那是祖母褪色丝绸物件上的颜色，是老旧模糊水彩画上的颜色。朋友，还请注意花瓣的背面，在你折花梗时背面会突然变得异常清晰，它也同样经历了这样一场色彩变幻的游戏，经历了升天、在天国，会比在花冠上更香、更惊艳。它们这些花界罕见的失落颜色在此沉睡：金属和矿石的色调，以及灰、草灰、古铜，这些只能在高山石上，或在苔藓和水藻的世界里才能看到的变幻色调。

您懂得欣赏这些物事，正如您懂得欣赏一瓶高贵的陈年葡萄酒之独特芳香，懂得欣赏桃子或一位美人肌肤上的细绒。我无需担心会遭到来自您的嘲笑，仅因我比一个拳击手更具细腻的感觉和丰富的灵魂体验；您不会讽刺我为多愁善感的浪漫主义者，无论当我迷恋枯萎中的百日草之色泽，还是当我陶醉于施蒂夫特《野花》中优美飞扬的韵律。然而我们已变成少数派了，朋友，我们这种人濒临灭绝。若试着给一个音乐修养仅限于摆弄留声机，认为一辆漆得光鲜的车就代表了美的现代美国人（一个满足于享乐的猿人），来讲解一朵花消逝，玫瑰色变为浅灰的艺术，告诉他，这是最生动而令人兴奋的体验，其中蕴藏着生命和美之奥妙……您一定会感到"对牛弹琴"！

如果我的这封夏日信札能让您想起点什么，思考点什么的话，您应该也会重拾这样的想法：今日之疾病，或许是明日之健康，反之亦然。倘若这些看起来健康强壮的、拜金拜机器的人类，能够没心没肺地延续到下一代的话，人们会需要花重金来供养医生、导师、艺术家和幻魔师，需要这些人带领他们回归美与灵魂的奥秘。

1928

初秋

秋日弥漫白雾，
怎可能一直是夏天！
夜之灯火诱惑我
早从寒冷回到家中。

很快树和园就空了，
那时便只剩野生葡萄藤
围绕房屋，但它很快也会枯，
怎可能一直是夏天。

年轻时曾让我欢乐的物事，
不再拥有它昔日的喜乐荣光了
而我也不再为之欢乐——
怎可能一直是夏天。

哦爱欲啊，这奇妙的炽热，
在我血液中
经年燃烧着渴望与挣扎——
哦爱欲呀，你也会燃尽么？

夏秋之交

我丢失了一大截夏日好时光，因为恶劣天气，因为生病，因为这事那事。但这个夏秋之交的时光，这最后几个炎热夜晚和第一批紫菀开放的时光，我要用浑身毛孔来吸纳。对我来说，这是一年中最极致、最圆满的时光，当我在冬春想起它，记忆便会唤醒那些美妙可爱的短暂画面：一朵完全盛开的玫瑰，头沉沉垂向花茎，沉醉在它甜美芳香的梦境中；一颗桃子，一颗泛红发紫的桃子，人在合适时机从树上将其摘下——合适时机是指，它已甜极、熟透、无意再活，无意再自我防卫了，于是人刚一触碰，便顺从地落入我们手中；一位美丽女子，在她生命与爱力的巅峰，有着由成熟、智慧和力量造就的从容面庞与高贵举止，还有一丝玫瑰色哀愁，那是对过往的沉默接纳。

在这些时日里，在这最长只持续到九月中的晚夏灿烂光阴中，葡萄在变硬的叶中开始变蓝；夜晚，许多小小的、珠光宝气的蝴蝶、透翅蛾和金龟子在我书房的灯旁嘤嘤成韵；清晨花园中微光闪烁的巨大蛛网上，露水已在闪耀秋华，但一小时后，土地和植物就会默默蒸腾暑气。在这我自小就热爱的夏秋之交时光里，我对自然界微妙声响的所有敏感又都回来了，怀着对色彩瞬息万变的种种好奇，怀着一切狩猎的热忱，我偷听和窥探每一个细小过程：一片早早枯萎的葡萄叶，如何在阳光下转动和卷起；一只小小的金黄蜘蛛，如何沿着它的蛛丝，摇晃着从树上降下，绒毛般轻盈；一只蜥蜴，如何在被晒过的石上小憩，将自己完全展平，以尽情享受阳光；一朵水红玫瑰，如何从枝头无声落下，而卸除了负担的枝子，又如何微微上弹。这些曾被认作是男孩幻想的一切，复又带着它们的敏锐与意义同我交谈，来自许多遥远过往夏日的千图万景，重又在我心中鲜活、明亮闪耀着，或是凿穿反复无常的记忆镜像：童年时光的蝴蝶网和植物丛、与父母一起的散步、姐姐草帽上的矢车菊；郊游日，从令人眩晕的桥俯瞰奔腾咆哮的山间河流，人不可至、被浪拍打的礁石危岩上摇曳着石竹花，意式村屋墙上盛开着水红夹竹桃，黑森林高地原野上空笼罩着淡蓝轻烟；博登湖畔的花园墙悬在温柔轻拍的水面上，在破碎倒影中观看它的紫菀、绣球和天竺葵……它们是多种多样的画面，但一切都是减弱了的炽热，是成熟的气息，像正午，像在等待什么，像桃子细微的绒毛，像美丽女子在成熟盛年隐约感到的忧郁。

如今若走过村庄田野，会在农家花园里，在灿烂金莲中，发现蓝和紫的紫菀，而倒挂金钟下的土地上全是甜红落花；葡萄架上，一些叶上已有了第一抹秋色，有了金属质感的、铜棕色的微光，而在尚且半青的葡萄边，第一批蓝色浆果也已长出，有些已深蓝，尝起来很甜。林间贵青色的洋槐中，一些金黄斑块时不时从枯枝掉落，响如号角，清越而纯净。栗子树上偶尔提早掉下一颗绿色带刺的果实，那脆薄的绿色刺壳难以打开，壳上的刺看起来如此柔软，转眼就刺破了皮肤——这个小而结实的果实在激烈卫护它被威胁的生命。若将果实剥出，便能看到类似半熟榛子那样的坚果仁，吃起来却比榛子还苦。

尽管这几日热得迫人，我还是常在户外，我太清楚这样的美有多快转瞬即逝，有多快说再见，这甜美的成熟，又有多快化为死亡和枯朽。而我对这晚夏之美又是多么吝惜贪婪啊，不仅想要观看一切，感受一切，嗅闻和品尝这丰盛夏日为我准备的一切享受，还被突然的占有欲击中，孜孜不倦地想要保存它们，保存直至冬季，直至往后的年年岁岁，直至我的晚年。我在其他方面并不贪于占有，乐于放手和馈赠，然而现在，占有欲的激情却在折磨我。为此我自己有时也笑。在花园里、露台上、气象旗下的小塔上，我日复一日久坐数小时，突然变得无比勤奋，用铅笔和钢笔，用笔刷和颜料，尝试存下这个绽放也消逝着的盛世的点点滴滴。我吃力描摹早晨花园台阶上的阴影、紫藤长龙的蜿蜒，并尝试画出傍晚远山清透的色泽，它薄如轻烟，灿若珠宝。末了我疲倦归家，非常疲倦，而当我晚上将画页放入画夹，看见自己记录保存下的是如此之少，几乎要感到伤心了。

接下来吃我的晚餐：水果和面包，坐在有点昏暗的屋里，浸没在黑暗中。不久，我便需在七点前点灯，往后越来越早，并且，人们很快就要习惯黑暗和雾，习惯寒冷和冬天，而几乎想不起这世界曾在某一瞬，如此通明，如此完美。吃完饭我会阅读一刻钟，以思考点别的，不过这段时间只能阅读精华文摘……

尽管室内暗了，但室外还亮着，令人畅快。我起身走向露台。在那儿，视线可越过爬满常春藤的砖墙，远眺卡斯塔诺拉、甘德利亚和圣马默特，看萨尔瓦托雷峰后的杰内罗索山[1]闪耀着粉色光芒，这黄昏的至福会持续十分钟到一刻钟之久。

我坐在靠椅中，四肢慵懒、眼神倦怠，但并非厌烦或腻味，而是充满了敏感觉知，享受宁静，脑中空明。在还带着太阳温暖的阳台上，我的一些花儿在沐浴最后的夕阳，随着叶上微光渐渐消退，慢慢进入梦乡，慢慢和白日告别。那株长着金刺的巨大仙人掌陌生地站在那儿，尴尬窘迫地发呆，孑然一身。这株童话植物是女友送我的，在我阁楼阳台上占有一席荣耀之地。它身旁，珊瑚倒挂金钟微笑着，牵牛花的萼片紫得深邃，而丁香和野豌豆、头巾百合和紫菀却早已开过了，这些花儿在盆中挤挤挨挨。当叶儿开始变暗，花儿的色泽却更浓烈地亮起了。有那么几分钟，它们是如此浓烈地燃烧着，如大教堂的彩绘玻璃窗那般。然后它们慢慢、慢慢熄灭了，进入每日的小安息，为最终那独一无二的大寂灭做准备。不经意间，光芒已逝；不经意间，绿融入暗，明快的红和黄也在散落的调子中寂灭入夜。偶尔晚些，会有只蝴蝶朝它们嗡嗡飞来，梦幻般翩跹，不过很快，这

1　此处这些均为欧洲卢加诺湖畔的地名，卢加诺湖一部分属于瑞士，一部分属于意大利。

小小的黄昏魔法也消失了，黑夜笼罩，那边的山脉也暗暗沉沉。在还不见星星的青蓝天空中，蝙蝠疾飞，一闪而过。身下的谷底深处，一个戴白袖套的人走过牧场草丛割着草。村边乡墅中的某一座，飘来朦胧隐约的钢琴声，催人入眠。

正当我回屋点灯，一个巨大暗影飞过房间，一只硕大夜蝶在绿色玻璃灯罩上窸窸窣窣扑闪。它停在绿玻璃上，被照得透亮，收起了长而窄的翅膀，细细的触角在灼烫中颤栗，黑色小眼像两滴沥青一样发亮。在它收拢的翅上，游走着多重脉络，形成大理石般的精致图案，那里交织着所有微亮、碎裂而柔和的色彩，所有棕或灰的，所有枯花般的色泽相互缠绕，奏出丝绸般的柔滑。我若是个日本人，便可从前辈那里学习继承，精准描绘、混合如许色泽的多种方法，并能为它们命名。不过这件事我大概也完成不了多少，就像描摹和绘画，思考和写作我也还没完成多少一样。造物的所有神秘，都在蛾翅表面褐红、紫和灰的色斑上显现，所有一切都是魔法，都是咒语。神秘中有千张面孔看向我，亮起又熄灭，我们却无从捕捉其中任何。

1930

浇花时

再一次，在夏日凋零前
我们想打理花园，
为花儿浇水，尽管她们已疲倦，
她们很快就会枯萎，或许就是明天。

再一次，在世界变得疯狂前
被战争狂轰滥炸前，
我们想为一些美物喜悦
为它们而歌唱

对一小片地负责

　　若我继续独自生活，若未曾再度遇到人生伴侣，我便不会想要离开卡萨卡木齐的房子，尽管它在许多方面对于一个年事已高、不再健康的人来说，并不方便。我在这幢童话般的房子中挨过冻，还吃过其他种种苦头。所以近年来搬家的念头常常浮于脑海，但没有一次被认真对待：也许再搬一次家，再买一幢房子，租房子甚至建房子，为自己的晚年找一处方便且健康的居所……这些都只是愿望和想法，没有下文。

　　美丽童话就这么发生的：1930年的一个春夜，我们在苏黎世的亚克酒店坐着聊天，聊着聊着，说到了房屋建造，以及我那时不时冒出的美屋之梦，朋友 B 马上朝我大笑："那幢房子该属于你！"

　　在有酒相伴的夜晚，谈论这些对我来说是种美好乐趣，但这个乐趣却变得严肃了——我们当时笑谈中憧憬的那幢房子，现在就矗立在那里，特别大而美，供我有生之年居住。我又一次着手安置自己，又一次有了"完整生活"，而这一次，应该会成功吧。

出自《迁入新居时》，1931

在某处安家，热爱并耕种一小块土地，不只欣赏它、描画它，而是参与到农夫牧民的朴素幸福中，参与到维吉利式的、两千年不变的农历节奏中。这对我而言，是美妙的、令人羡慕的好运。尽管我从前品味体验过的类似经历，并不足以让我感到幸福。

看吧，我又将被赐予这份可爱的幸运了，这幸运就这样掉入我怀中，如同成熟的栗子掉入散步者的帽子里，他只需将它剥开吃掉。出乎意料，我又一次定居下来，并作为终生使用者（而非资产所有者）来拥有一块土地！我们刚刚在上面建好了我们的房子、搬了进去，我又开始享受记忆中亲切的田园小日子了。不再怀有急迫感，而想更随意地打理花园，寻求更多闲适而非劳作，更愿在秋日篝火的蓝烟中畅想，甚于开垦树林和种植花木。无论如何，我还是种了一道美丽的山楂树篱，种了一些灌木和树，还有许多花。现在，我几乎完全在草地上、花园里度过夏晚秋初那些无与伦比的好日子，干些琐碎杂活：修剪幼小灌木，为春天准备一块菜园，清理路面，清洁泉井。在干这些杂活时，我还会在泥土上，用杂草、枯枝、荆棘，用青绿或干褐的栗子壳，燃起一个火堆。

尽管生活不尽如意，但有时的确能感到幸福满

足——也许它从来不能持久，也是好事。这当下的幸福
滋味如此美妙：感到居有定所，感到身处家园，感觉与
花儿、树木、土地、清泉为友，感觉对一小块地负责，
对五十棵树、几圃花、无花果和桃子负责。

　　每日早晨，我会在工作室的窗前摘几大把无花果，
吃下去，然后拿上草帽、花园篮、锄头、耙子和灌木剪
刀，将自己融进秋日田园。先清除掉挤压树篱的一米高
杂草，再将旋花、蓼草、木贼和车前草拢一个大堆，在
泥土上生一小堆火，添些木头，用一些绿色植物覆盖，
当小火堆慢慢闷烧，蓝色轻烟便如一股清泉般涌起，柔
缓绵延，越过金色桑葚树冠，游进湖水、山和天空的蔚
蓝中。农家邻人的各种亲切声响传来，那是两位老妇站
在我的泉井边，一边洗衣一边闲聊，用漂亮的成语，用
"也许"和"我的神哪"来加强她们的叙述。从山谷走
上来一位英俊赤脚少年，那是图里奥，阿尔弗雷多之
子，我还记得他出生那年，那时我已是蒙塔诺拉人，转
眼他都十一岁了。他那洗旧的紫色小衬衫衬着碧蓝湖水
显得很美。他把四头灰母牛赶到这秋天的牧场上，牛用
毛茸茸的粉嘴检嗅飘到鼻边的丝丝火烟，互相蹭着脑
袋，或是蹭着桑葚树干。母牛又继续小跑二十来步，在
一排葡萄藤前停下，只要它们扯拽葡萄藤，或不断向前

迈步弄响了颈铃，就会被小牧人喝阻。我拔掉蓼草，虽于心不忍，但我更爱我的树篱。在我用双手清理时，潮湿泥地上有各种小动物暴露出来：一只浅褐色的漂亮青蛙从我手边溜过，鼓着腮帮看向我，眼如宝石；灰蚂蚱惊起，展开蓝与砖红的翼翅飞行。草莓丛长出带精致锯齿的小叶，其中一簇还开出带黄星的小白花。图里奥看着他的牛。他是个十一岁的小男孩，不是瞌睡虫，但即使是他，也在旺盛青春中感受到季节的空气，感受到夏天过后的饱满浓艳，秋收后的慵懒迟缓，那梦幻般的倦怠，迎向冬天。他静悄悄、懒洋洋地溜达，常常默立一刻，用聪慧的棕色眼眸凝视蓝色乡野，遥望紫色山坡上白亮亮的村落，时不时咬一颗生栗子，又将它扔掉。最终，他躺在了短草中，拿出一支柳笛，开始轻轻吹奏，试试能吹出什么旋律：柳笛只有两个调。而这两个调就够许多曲儿了，这木头和树皮吹出的曲调，足以歌唱这蓝色的乡村风景：燃燃秋色、袅袅轻烟、遥遥村落与粼粼湖面，以及牛儿、泉边老妇、褐蝴蝶和红石竹。小调在高高低低地回响，这是维吉尔和荷马都听过的调子，它感谢神明，赞美大地，歌颂酸的苹果、甜的葡萄、结实的栗子，它感激地赞美蓝、红和金，澄明湖谷、宁静远山，它描绘颂扬一种城市人并不了解的生活，既不粗野也不甜美，并不符合城市人的想象：它既不精神化也不英雄主义，却从最深处吸引每一个精神化和英雄主义的人，如同一个失落的故乡。因为它是最古老、最恒久的人类生活，是最朴素也最虔诚的、属于土地耕种者的生活，辛勤艰苦，却无真正的焦急和忧虑，因为它的基石是虔诚，是信任土地、流水、空气的神性，信任四季，信任动植物之生命力。我聆听这曲调，将一层叶添在快燃尽的火堆上，愿意就这么一直待下去，这样无欲无求、心平如镜。视线越过金色桑葚树冠，望向色彩饱满的丰饶大地。大地看起来是如此安宁而永恒，尽管它不久前还被夏季热流翻搅过，并很快又要被降雪和冬季风暴袭击。

出自随笔《提契诺秋日》，1931

花园里的时光

　　早晨近七点，我离开房间，走上明亮的阳台。无花果树荫间隙已被晒得火辣辣，粗粝的花岗岩护栏摸着也已暖了。这儿有我的工具在等着，每一个都是熟悉的朋友：盛草的圆篮、铲子、短柄小锄（听从提契诺一位睿智长者的话，我在木与铁之间放了一块小鞋皮，还为小锄保湿以防开裂，方便随时取用）。这儿还有只耙子，时不时也有锄头和铁锹及两只浇水壶，盛满被阳光晒暖的水。

　　我手拿篮子和小锄，迎着太阳走上晨间小路，走过凋谢黯淡的玫瑰，走过我的花朵森林。只见台阶旁的攀缘蔷薇沿着花岗岩向上爬，花花草草交织环绕，有剑兰、圣母烛，还有蔓茉莉（娜塔莉娜的杰作）、南芥和向日葵。虽然在这儿它们受大风威胁，虽然我会在每次雷雨、每个热风天为之担忧，但还是种下了它们，因我喜爱它们，于此地可最常与之相遇。

直到去年，花丛中还站着位陌生客：台阶旁一株约有十岁男孩高的巨大仙人掌，多年来坚韧顽强地生长，用带刺的手掌推开每个邻居。唯有它脚下住着一株矮小的深色三叶草。仙人掌容忍这株三叶草，显然与之相处融洽。然而去年的多雪之冬，积雪压断了它数条肉厚的枝，腐烂慢慢从创口向内侵蚀。如今这块伤心地杂草丛生，我尝试在仙人掌曾扎根之处种株楼斗菜。但愿那儿对它来说不太晒，毕竟它来自森林。

我点着头走过，几步后来到屋前沙砾地，弯腰除去砾石中长出的三两株小绿草，捡起早落的无花果和桑葚黄叶。我尽可能保持花园干净，更希望房子周边加倍干净（房屋延伸至沙砾地、玫瑰圃、黄杨木，而花园从黄杨木那里才算正式开始）。我穿过葡萄藤走下草坡，草帽低低压在额上，沿着漂亮的台阶一坡一坡下山。已不见房屋，只见修剪过的黄杨木，呆呆耸向炙热的天空。花园迎接我，陡峭的葡萄坡迎接我，很快我便抛开各种思绪，抛开房子、早餐、书、邮件和报纸。

还有那么一瞬，远方的蔚蓝亲切吸引我看向山峦和闪光湖面。早晨，山迎着阳光，柔和清新，错落有致；待午阳近山头，便愈加坚实、庞大而真切；暮光中，又大放异彩，仿若近在眼前，岩石、森林与村庄俱在金光中显现。此时清早，唯山脊轮廓清晰可见，山峰前方呈灰蓝，后方通明。天光愈亮，雾霭愈薄，银光愈闪。不过园主和看护的双眼很快便将视线从东方的炫目景象收回，开始专注于每日土地上的劳作。这儿的草莓丛长了新的藤蔓，那儿有株快开花的杂草。我想最好赶在开花前将杂草拔除，免得无数种子到处播撒。

还有那条蜿蜒入山的窄道时常让人牵挂。为之担忧还是欢喜，要看它如何挨过上一场暴雨：是乖乖通过小侧沟将雨水排入草地，还是如最常发生的那样，受了惊吓后，任由一阵暴雨冲毁斜坡。于是沙石堆积草中，小路也裂出了深缝。路旁那些狭窄梯台，或地势太陡，或水源太远，或被葡萄藤遮蔽了阳光，所以除葡萄外只种了少许植物；无论如何，人们还是试着在这块薄土上获得些微收成：种一些低矮的菜豆、草莓、圆白菜或豌豆。

而在这最丰饶宽敞的梯台上是娜塔莉娜的植物世界。功不可没的她多年来忠诚于我，自打她退了休不再管理厨房，便精心照料这儿。她会用小铁壶拖来兔粪和柴灰，为土壤施肥。不过在那儿，在小路和每片园畦交界处，我们每年都种一些花。这条陡路每天都有人来往，所以即便豌豆和卷心菜都干渴发黄，园畦边的花儿也总还能得到浇灌。当我走过紫红的百日草、金鱼草或旱金莲，会感到那份清新，让干渴的斜坡变得生机盎然。

下到坡底就是曾经的厩房，它的功能已改但名称保留。地窖很少开放，堆放着箱子、瓶子和一些破烂，那上面通风的地屋中储存着木料，有柴火，还有供壁炉烧的树干和树桩。厩房旁的小屋是洛伦佐堆放工具的地方。他负责打理葡萄藤，包括春季剪枝和缚蔓、夏季喷水，秋季熏硫杀菌防虫，冬季用牛粪施肥。厩房是花园的聚会点及中心。一块开阔平地在此铺展，算是这一带陡坡上难得的好地。其实这些陡峭坡台上的每棵树、每株葡萄基本上都须由人"连哄带骗"弄来，而我们面前这条土带虽然小了点窄了点，却无论如何是块平地、一块受欢迎之地。我们在这儿种菜，男女老少消磨着时光，远离房屋，被绿意环绕。我们非常热爱这片植物天地，因为这块地的确没少积攒价值和好处，就算外人并不了解（并非人人都看得上这儿），我们心里却很清楚，并珍惜感恩。

这个厩房旁的平台在华美与贵重程度上，自然无法与最上面的地块相媲美，那些地块或仗华宅在侧、富丽堂皇，或可欣赏湖谷、远眺北山，或由玫瑰点缀、黄杨环绕，或有宾客夸赞、欲知峰名……不，这儿的厨房菜地是另一回事。在这儿，朋友，你不会飘然上天，不会是湖谷与远方之主，不会"几近望到波尔莱扎"，不会听到宾客激动赞叹。这儿是农村，没有宫殿，只有东墙长着玫瑰和爬藤的厨房，和一棵十月果熟的大梨树荫蔽。

树下花木扶疏。壁虎常来此晒太阳，蓝色腮帮在阳光中肉鼓鼓的。一旁的厨房南墙上靠着前年的堆肥，那是珍宝般的松软黑土，我每年都在上面种向日葵来装饰它。向日葵在顺风倒的茎上沉沉低头，从美味泥土中汲取营养，腐烂后又将营养回馈。秋天，葵花子被鸟雀啄食，根茎被狂风吹折，那曾如此欢愉而渴盼的身体，就这样疲惫而顺从地伏倒，伏向等待的土地和崭新的轮回。

花木是多么奇妙啊，被安排好在一年中，就那么几个月，经历从发芽到死亡的所有阶段！春天时我们看着它们，就像饶有兴味地看着孩子快速成长。看花儿那憨态可掬的脸庞，动人又可笑，纯真又贪婪。然而晚夏的某一天，这朵仍被我们视作孩子的花，突然谜一样地变了，看上去充满秘密，苍老而疲倦，不过依然微笑着，惊人地成熟练达，令人警醒。

在这儿，向日葵的金色头颅继续闪耀，花园小路的那一边，蔬菜中探出些更低矮的、由偶然播撒的种子长出的植物。虽然它们不该留下，但人们还是喜欢养护它们。不过还是先珍惜我们现有的宝藏吧：厨房边干净的碎石路上，木盖下敞着一个又宽又深的蓄水池，储着来自近处一泓清泉的水。清泉靠近森林，可滋润草场，湿润栗树脚下的泥土。蒙塔诺拉人乐意知晓，我们的泉水是一个特殊品种，冬暖夏凉，于草于人都是甘露。

这个蓄水池以管道与清泉相连，就在建它不久前，我们还在更远处建了另一个水池。从前泉水几乎是白白流走的，现在我们可以注满百余罐被暖过、镇静过的柔和泉水，让干渴的植物饱饱喝上水。这一块平整的菜地，两边也是被葡萄藤所环绕，不过我计划让朝东南的那排葡萄藤慢慢枯萎，因为它们抢占了太多阳光。在葡萄与桃树的荫蔽下，园畦依次明丽排列，虽然这个菜畦全由娜塔莉娜播种和照管，但我时不时也来此查看，活儿其实很繁重，再说一个女管家除了园艺之外还有很多其他职责：她要洗衣做饭，接待访客和来宾，一日下来往往筋疲力尽。

我的目光来回查看这可观的一行行蔬菜，说实话，这些植物长得不赖，一个天生的农妇或园丁也不会养出更好的了。胡萝卜长得多么水灵而纯净啊！我在用餐时并未多稀罕它，但在园中就不肯错过了：簇簇繁缨轻柔晃动，香气馥郁，名贵施瓦本尾蝶的绿毛虫在上面啃食。这种蝴蝶翩翩起舞时，常常迷住地上的我们。胡萝卜叶的清香让我想起童年的一些夏天里，一边用萝卜缨来喂我的毛虫，自己也一边用坚牙啃咬红红的胡萝卜。遥远的青春啊！你也从园圃之乐中，热切吹向我的暮年，每每撩动我老去的心，这般警醒、苦涩而甜蜜。

我时不时还发现一株肥硕野草，躲在茂密的胡萝卜丛下把自己喂得高壮。我将手伸进胡萝卜丛中摸索，抓住野草寄生的根，毫不留情将之拔出、扔进筐中。这儿种的是在此地名为 Prezzemolo 的欧芹，冬天时所有菜畦都枯萎凋敝，不再长植物，光秃秃被十二月的冷雪覆盖，唯有欧芹还长着、还绿着，它是忠诚的。为保护它，洛伦佐用木杆搭建了一个棚，顶上覆以小枝和芦笋秆。直到今年，权衡思虑一番后，我们才决定将菜地扩建成两处，将草地削减了几步宽。洛伦佐用铲子翻了土，在某些天用筛子将结块的泥土筛过，并趁严冬未至，在土中埋入有营养的粪肥。

我的番茄长在一处新辟的地上，我造访它们，做些必要的工作，尽量在无花果树荫让位给升起的太阳以前，将它们打理好。番茄长得整整齐齐，五株一排，几乎达到了最高（之所以说是"我的"，因为我正是那个栽种和护养它们的人，不过其他蔬菜是由女管家照料，得归功于她）。番茄在叶中长得饱满多汁，我可透露一个秘诀：给植株根部施以潮湿松软的泥炭细末，其中混入一格令化肥，试试这么做吧！会证实很有效。番茄丰饶，绿叶中从多节的茎上长出，无拘无束长向四面八方。叶下鼓胀的绿色幼果，映着深绿、三三两两。它们很快就会在叶中红艳发亮了，那是夏日的圆满。

不过我今天重点关注的不是果子，而是支撑植株的细棍，它们全都来自附近森林，大部分是栗树枝，还有些洋槐和白蜡的树枝，一人高或再高些。有些植株已经长到了细棍的高度。就像人类一样，植株中也总有一些格外强壮，它们贪婪生长，肆无忌惮不顾邻里，人们很快就会惊叹它们的高大强壮，但也会很快便嘲笑它们那不知足的野心。我用心检查细棍，保证每根都牢固挺直，随后一丛一丛检查植物，手握小刀——割除疯长的枝子很重要，每株我只保留两三枝，其余的则去掉。叶腋处疯长出的无数叶芽我也只留一些，因为长势过旺会挥霍营养。

接着我从口袋中拿出捆绳，轻轻将茎枝上部与细棍绑缚在一起，因为茎枝自己支撑不住。番茄长得是如此之快，以至于每五天就得再绑一次，所以我的口袋总是塞满捆绳。别人用丝胶来扎缚，那样也更好看些，但我从不缺捆绳——出版社每天都有包裹寄到我家，我把那上面的捆绳都收集起来就行。

就在我一行行侍弄番茄时，早晨已过去，树荫消失了，地面蒸腾起潮湿热气，身旁篮中未剪的叶簇已打蔫，散发出苦涩的气味，而太阳的蜇咬也让人难以忍受。太渴望凉荫，工作未完成我就离开了。我在厩房边桑树下找到一处凉荫，把篮中物倒在这儿一个干草包上。这个小包由干草长期堆积而成，底部不断化为泥土。在桑树那结实大叶的荫蔽下，这地方安好又隐蔽。那儿还有一株小桃树，是我亲手种下并用木桩固定的，只盼桃枝能结出果实。

下方是这块地边界的山楂树篱，再下去是田间小路，虽然过路者不多，但我有时蹲或站在草中，能听见下面走过的人们亲密交谈，因为他们看不见我，便以为四下无人。两个妇人走过，是要去暴风夜过后的森林里拾柴，她们穿着沉沉的农鞋缓缓走过，篓筐在背，走走停停，闲聊、大笑、发牢骚、说这说那，我清楚听见不少，其余的飘散在林中，最后只闻枝断的清脆声传来。有时我也听见但不会到处说：伐刀砍进活木的沉闷声响，那是狡猾的偷伐者带着武器，利用早间清净，违禁东砍西砍，也许还捎带一棵小树、一株幼苗，只为自家增添薪柴……

我赞美你，这隐蔽的绿色隐匿处、树荫中的干草包。我总能在此获得几小时愉快的慰藉。无论当四周暑热肆虐，林中鸟儿沉寂，或是当我在屋中感到忧郁，为工作的不顺烦闷，还是收到一封恶人的来信，经历一次情绪低落，啊，你总是这样立刻接纳我，这样明快而友善。你庇护我，予我数小时完美而神性的宁静，这儿静得几乎连林中啄木鸟声都听不见。我感谢你，为我带来一些梦和思绪，一些幸福的沉迷。

有时我在这儿小憩，半闲散半劳作，"狮子"悄无声息地穿过花木丛林和葡萄山，来到我跟前，它是我们的猫儿、朋友和弟兄。它温柔地喵喵叫，低头在我脚边磨蹭，乞求地看我。还四肢放松仰躺于地，向我露出雪白的肚皮和脖颈，要同我玩耍。它也常常蹦起，极为精准地跃上我肩膀，依偎流连，轻轻打着呼噜，直到心满意足。

还有几次它只打了个招呼就一闪而过。它满怀心事，像要去林中干点什么，迈着优雅的步子消失。这是暹罗猫之子，我们的"狮子"。它还有一个兄弟也健在，它曾无限挚爱的兄弟，名叫"老虎"，喉咙和肚皮是棕黄色的，这对曾亲密无间、同吃同睡的兄弟，如今却活在了苦涩的敌对中。自从童年凋零，雄性的激情和嫉妒便将这对伙伴拆散。

现在我逃来此处，脖颈已被阳光晒得通红，腰酸背痛，双眼倦怠。我打算待到中午，干点好玩又不累的活儿让自己休息放松。我早早从小木屋拿了一个轻便小圆筛，抓了一把火柴和纸，因我在这儿通常要生火。

人类对火的偏爱有着悠久历史，无论是小男孩的生火游戏，还是上溯至亚伯或亚伯拉罕的献祭，无论美德或恶习，每一个习惯都植根于远古，而对于每个人却又有其独特意义。如对我而言，燃火代表着（除它代表的许多其他意义以外）一种炼金象征的祭神仪式，意味着多元归一。我既是祭司，又是仆从；既是施法者也在被施法，我将草木化为灰烬，帮逝者更快地回归永恒、清除罪孽。而我自己也常在此过程中冥想，走过赎罪之路，从纷繁回归至合一，臣服于神的凝视。

炼金术的精炼过程就是这样的：将金属置于火上加热，再待其冷却，添入化学制剂，等待新月和满月，其间神性幻化，将金属变为旷世瑰宝，升为贤者之石。而笃诚的炼金术士也同样自我提纯、自我淬炼，在内心完成这样一个炼金过程：冥想、观照、持戒，持续数日或数周，直至练习结束。如坩埚中金属一般，净化灵魂，提纯意识，准备好，融入神秘的合一。

现在，我看见你们笑了，哦朋友，你们可能会笑话我这样用比喻来美化我蹲着、拨火、引燃和添炭的行为，来美化我对独自做梦与幻想的幼稚兴趣，这么自我夸耀。然而，亲爱的，就在你们笑的同时，也会明白我说的意思，以及我如何理解自己的所有创作，这不是辩解，只是自白，而你们是如此包容我的种种幻想……

我蹲在干草包和篱笆间的阴影中，擦火柴点燃废纸，在上面松松散散放些秸秆和枯叶，再慢慢添加更多，先是干枯的，最后是绿色的。再晚点，秋天时，我爱燃烧明火，但现在由于天气尚热，木柴匮乏（待晚些秋分风暴过后林中就有柴火了），我只能设法生一堆默默发出幽光的闷火。我喜欢照料一个宁静生烟的炭堆，让它持续闪烁半日或整日。为此，我妻子也管我叫"烧炭人"，因我身上的烟火味和我的偏好，虽然自己不参与，但她容忍我这么做，岂止是一般的容忍！为此我在烟火祭礼中想到她。她今日出门了，去谷地的城里卢加诺。

我还要坦白烧炭人诸多信条中的一条：我可从焚烧土壤中获益良多。可人们如今似乎不这么做了，化工行业找到了别的方法，来将土壤改善、提纯、增肥、除酸。我们这个时代，已无人再有工夫坐下来，用火将土燃烧——谁来支付日薪呢？但我是个诗人，用一点清贫，甚至一点牺牲来支付。为此神许可我，不只生活在我们的时代，还常常摆脱时代，在无限的宇宙和时间中呼吸。这种曾被珍视，被称为"迷狂"或神性疯癫的感觉，如今人们却不再珍视它，因为现如今时间看似如此宝贵，不争分夺秒就是种恶习。专家们管我说的这种状态叫"内倾性"，代表了一个弱者的行为：逃避生活责任，在自我沉溺的幻梦中荒废迷失，不会被成年人所尊重。我只能说，价值观因人与时代而异，人们各取所需吧。

不过还是回到土地上来！我说的是烧土和生火，我是如此钟爱这活儿啊，尽管它不属于现今潮流。曾经这种信念是占主流的：人们通过焚烧土地，能让土地愈合新生，变得肥沃，比如我景仰的一位作家施蒂夫特曾提到园丁们"焚烧"各种土壤。于是我也尝试将废渣、菜梗和根茎焚烧，然后全部与泥土混合，制出有深有浅、有红有灰的草木灰，在火堆残留处它们细如精面或粉末。这被精心筛过的细土，于我而言是贤者之石，是烟熏火燎后的收获与甘果。我用小罐将它们盛走，节省地撒在园里。只有给最爱的花儿，还有妻子的小园圃，我才舍得用一部分这冥思之火与祭礼的精致结晶。

今天我又像个中国人一样蹲着，草帽低低压在眼睛上方，交替着用干料和湿料，小心地去盖闷燃的余烬。此处堆积的所有草木灰再次经过我手，灰中包含了各类香草杂草、园中寄生物、长疯的菜叶和瓜蔓，时常还有小木枝和其中夹的纸片。烧火撒灰曾代表着一块园圃被满怀希望地播种了，但这方法太久不被采用，早已过时，就像如今古老智慧及圣书文字也过时了一样。有人用脚践踏，并像嘲笑这堆草木灰一样嘲笑它们。

　　但这仪式对于冥思者、悠游者、梦想者和敏感者来说是充满价值的，对，是神圣的，如同一切在观照和思考中抚慰人心的仪式，谨慎驯服热情与欲念。是的，想要改善人类、教育世界、用思想塑造历史——即使这样的热情和欲念，也是需要被驯化的。因为当今世界就是这么被塑造的：精英的欲念，就和其他人的欲念一样，最终导致了流血、暴行和战争。而对于智者而言，当这个世界被更野蛮更激烈的欲念所统治时，将智慧留在炼金和游戏中就好。所以我们恬淡寡欲，以这古人曾赞美追求的清净心应对世道压迫，坚持行善，却不强求立即改变世界，这么做也是值得的。

　　四周寂然，热午笼罩，空气中没有一丝声响，除了谷地街道偶尔远远传来的车轮滚动声，及火堆偶尔的噼

127

啪声——当火焰烤干树根并将之贪婪吞噬时。我跪在地上，放松却也不完全闲着，轻轻用手将前几次生火的余烬填入漂亮的圆筛中，混入灰堆底部被腐烂和发酵所柔和渗透的暖湿陈土。轻轻抖动这堆松软的混合物，圆筛下就积出一个精细小灰锥。不知不觉，我陷入抖动时稳定一致的节拍中，永不倦怠的回忆从节拍中勾出一首曲子，我还想不起曲名和作者，便轻轻随之哼唱起来，然后突然想到，它来自莫扎特的一个双簧管四重奏……于是我来了情绪，做起想象的游戏：我多年来勤玩的"玻璃珠游戏"，一种美丽创造，以音乐为骨架，以冥想为基石。约瑟夫·克乃西特[1]是这方面的大师，得益于他，我学会了这种美丽的想象方法，愉悦时作为消遣和乐子，苦痛迷乱时作为慰藉和宁思。

在这儿的火堆旁，我常持筛玩"玻璃珠游戏"——尽管早已不像克乃西特那样玩了。小灰锥慢慢堆积，灰土粉末从筛中流泻；必要时，我下意识照管下右边的冒烟火堆，再给筛中满上土；厨房那边硕大的向日葵看向我，葡萄藤后的远方弥漫着正午蔚蓝……这时，我听见音乐，看见过去和未来的人，看见智者、诗人、学者和艺术家齐心

---

1 黑塞作品《玻璃珠游戏》中的主人公。

协力，建造百门千窗的思想殿堂——我以后会描述这个，无论这一天来早来晚或永远不来，只要在我需要安慰时，约瑟夫·克乃西特这项亲切而充满意义的游戏，都会让我成为古老的东方行者，超越时间和数字跻身圣哲仙人之列，他们和谐的合唱也接纳了我的声音……

听，在这一钟头后，在这短暂的永恒后，一个清脆声音在轻轻叫醒我。那是我的妻子在家中喊我，她从城里采购归来了，而我也回应并起身，将最后一捧杂料放进我那炼金之火中，将圆筛放回小木屋，在闪耀光辉中登上蜿蜒上坡的小道，走过砾石地回到家中。问候了我的妻子，承诺她，能为她最爱的花儿，为她的罂粟和翠雀，用天赐的、富含营养的、最黑的草木灰来施肥了。

我突然感到热和乏，于是拾级而上，躲进屋内的荫凉，洗了手。我的妻子已在喊我上桌，她舀着汤，说着城里的事。她说是时候了，下回进城我该陪着她，因为我的头发又长到脖子了，得让人剪剪它，毕竟我是一个人类，不是森林之神。接着，几乎无视我的不情愿，她询问我关于花园的一切。我们很快就热烈讨论起来，今夜是否该浇灌全部或大部分的园圃（那是数小时的工作，确实不易），或是新雨后，土里还能留下一些潮湿？最终我们肯定了后者，于是我们心满意足地用来自

山上泉井平台的、黄红相间的美味覆盆子结束了我们的
晚餐。

1935

桃树

今夜风刮得猛。它毫不留情掠过隐忍的大地，掠过空旷的田野花园，穿过干枯藤蔓和光秃森林，拉拽每根树枝、每个树桩，向每个障碍物狂啸，在无花果树上发出断骨般的啪嗒声，卷起枯叶吹向空中形成旋涡云。翌日早晨，枯叶堆积在每个街角和每个挡风墙角，干干净净，服服帖帖。

当我来到园中，一件不幸之事已经发生：我最大的那棵桃树倒在了地上，靠近泥土的根部被折断了，一头栽在葡萄园山的陡峭斜坡上。这些桃树的年龄都不算大，不属于巨人和英雄，它们是脆弱、易受伤的，黏稠的浆汁部分来自古老而繁盛的贵族血脉。倒下的这棵并非华贵之树，但它曾是我所有桃树中最大的一棵，是一个老熟人和朋友，比我在这块土地上安家的时间还要长。每年一过三月中它就开花，粉色花朵盛开着，天气

131

好时，泡沫般的花冠被蔚蓝天空衬得明艳照人；而天气糟时，则被灰蒙雨空衬得无限温柔。它曾在清新四月顽皮的狂风中摇荡，曾任金焰柠蝶在叶间穿梭，曾扛住险恶的热风，也曾在雨季的潮灰中静默如梦，并微微俯身看向脚下的葡萄坡，在那儿，每下一场雨，草就会更绿、更肥沃些。我有时会摘一枝桃花带回屋里；有时在桃子开始变沉时，为它撑起支架；早些年有时还在它开花时，厚着脸皮想将它画下。所有时节，它都伫立于此，在我的小天地拥有一席之地。桃树经历了暑热和冰雪、风暴和宁静，为歌儿献上音调，为画儿献上韵律，渐渐长过葡萄桩，活得比一代代蜥蜴、蛇、蝴蝶和鸟儿更长久。它并不出众，并不引人注目，但也不可或缺。在它刚刚成熟的阶段，我每日早晨都会从小台阶绕到它身旁，从湿草上捡起昨晚掉落的桃子，放进口袋、筐或帽子中，走上台阶回到家中，把果子放在阳台护栏上让阳光照晒。

现在，在这个原本属于这位老熟人和老朋友的地方，产生了一个洞，小天地便有了一个裂隙——空洞、晦暗、死亡和恐惧都通过它向内窥探。折断的树干哀伤地躺着，木质看上去已腐烂，疏松绵软，倒下时树枝还被折断了。本来在两周后，它也许就会又一次长出粉红的春之花冠，被蓝或灰的天空映衬着。我再也不能从它身上折下花枝，再也不能摘下一颗果实，再也不能尝试去画它那独特而奇幻的枝丫交错，再也不能于炎夏午后从小台阶绕到它的薄荫下小憩片刻了。我唤来园丁洛伦佐，请他把倒下的树抬到厩房去。若无别的活计，他就会在下一个雨天将桃树锯开劈作柴火。我郁闷地看着洛伦佐离开。啊，树也是无常的，它们也会失去，会死去，会一朝弃人而去，消失于彼岸的大混沌中！

我的目光尾随正吃力抬着树干的洛伦佐，别了，我亲爱的桃树！你至少拥有一个体面、自然而恰当的死亡，为此，我也欣慰赞美你，你抵抗过、坚持过，直到最后一刻，巨敌将你的躯体拧断，你倒下，根干分离，才不得不屈服。但你并未被飞机炸弹炸碎，未被魔鬼般的强酸灼蚀，你不像那些被从故土连根拔出的百万树木，根部还流着血，就被草草栽种，过不久又重被包起运走，背井离乡；你未曾经历过沉沦和毁灭、战争和耻辱，无需死于困厄；你所拥有的命运，即是你这类生命本该拥有，本被安排的命运，为此我欣慰赞美你；你比我们更好也更优雅地老去，更有尊严地死去，而我们却需要在晚年，抵御一个瘟疫世界的毒和苦，并在腐败的环境中，为呼吸的每一口新鲜空气去抗争。

当我看见一棵树倒下，总会为这个损失考虑一个替补，考虑新的植物。在旧树倒下之处，我们会挖一个坑，让它敞开一段时间，充分接受空气、雨露和阳光滋养，随着时间推移，我们逐渐往坑里加入一点粪料，一些杂草堆肥，还有各式各样与草木灰混合的残渣。然后某一天，最好是飘着温暖细雨的日子，种下一棵新的幼树。对于这棵幼树、这个孩子来说，这里的泥土和空气大体舒适，它还会成为葡萄、花儿、蜥蜴、鸟和蝴蝶的同伴与芳邻，会在几年后长出果实，会在每个阳春三月的下半月，绽放出可爱花朵。而且，如果命运眷顾，会让一棵老迈疲倦的树，于某次风暴、山体滑坡、冰雪重压时，倒下牺牲。

不过，这一回，我决定不再补栽了，我一生中已种了太多的树，并不在乎多种这一棵。而且我心里还有点不情愿，不愿在此时此地开始新的轮回，不愿再次推动生命之轮，不愿为贪婪的死亡养育一个新猎物。我不愿意，这位置就空着罢。

1945

园丁之梦

梦仙女的魔盒中装了什么？
首先是一堆上好肥料！
然后是一条杂草不生的路，
一对不伤害鸟儿的猫咪。

还有一种神奇粉末，撒上后，
蚜虫就会变成玫瑰丛，
洋槐就会变成棕榈林，
我们会从中收获满满。

哦梦仙女，让清水浇灌我们
所播种的每一寸土地吧；
给我们不会抽薹开花的菠菜
和一辆可以自动行走的小车！

然后还有这些：一种安全的灭鼠药，
一套对抗冰雹的气象魔法，
从厩舍到房子的小电梯
及每晚为我换副新的脊背。

返璞

这些日子,我每天上午读完邮件后就去园子里了。我说的"园子",其实是一个相当陡峭、杂草丛生的草坡,有一些葡萄藤梯台。虽然葡萄被我们年迈的短工照管得很好,但其他植物却呈现出一种逐渐返璞归林的强烈趋势。两年前还是草坪的地方,草已贫瘠光秃,取而代之的是盛开的银莲、玉竹、重楼、黑果越橘,四处已有了黑莓和石南,中间遍布毛茸茸的苔藓。这些苔藓及周围植物本该被羊啃掉的,地也本该被羊蹄踏平的,这样草坪才可以"得救"。然而我们没有羊,而且就算草坡得救了,我们也没有肥料,于是,黑果越橘等植物的顽强根茎组织,就一年年更深地爬进草地里来,如此这般,这片土壤也重新变回为森林的地。

在不同的心境下,我会带着烦忧或喜悦来看待这种返璞。有时,我走上一小块枯死的草皮,用耙子和双手，向杂芜的野植发起攻击，毫不留情地，从被欺压的草丛之间耙出苔藓。我将一篮子那么多的黑果越橘连根拔起，尽管不信这么做能有什么用处。其实，我近年的园艺劳作更像是一个隐居者游戏，没有实际意义，也就是说，仅对我个人有意义，满足我的健康需求。当眼睛和大脑酸胀难忍之时，我需要一种无需思考的活动来转换，来调节身心。多年来，我为此发明的园艺和生火游戏，不仅帮助我的身体调整放松，还助我冥想，延展思绪，专注于灵性。就这样，我时不时阻碍一下草地森林化的进程。但另一次，我站在南边那面我二十年前亲手砌的土墙前，想起砌墙的砖土是来自为防止森林蔓延而挖的沟渠，墙上也曾一度被种上覆盆子。而如今，这面土墙被青苔、森林野草、蕨类植物、黑果越橘覆盖，被一些已经很魁梧的树包围。特别是一棵枝繁叶茂的椴树长在那儿，倒像是为那再一次推移过来的森林站前哨。我在这个特别的上午，并不想和苔藓灌木，和森林返璞过不去，而是怀着惊奇与享受，看着野生世界的繁盛。草地上到处是新生的水仙花，肉乎乎的叶尚未全开，花苞也仍闭合着，尚未变白，还带着小苍兰的柔黄。

我缓缓走过园子，看棕红的玫瑰嫩叶被阳光照透，刚移栽到地里的大丽花茎还光着，穿插其间的头巾百合却茎干肥壮，以无拘无束的生命力向上伸展。我听见山下远远传来水罐碰撞的叮当作响，那是忠诚的葡萄园匠人洛伦佐在浇花，我打算和他聊聊，商议园圃事宜。我带着些工具，一梯台接一梯台走下山坡，为草中的匍匐风信子感到欢愉，多年前我在山坡上播撒的数百种子，现在长成了花儿。我还在想，今年该为百日草安排哪块园圃呢？我欣悦地看到桂竹香美丽绽放，而不悦地看到枝条编织的篱笆上有了空缺和裂隙。这树篱围着上面的堆肥，而堆肥已完全被山茶落花的美丽红色所覆盖。我完全下到平坦的菜园来，向洛伦佐打招呼，向他与他太太问好，开始了计划中的攀谈，先交换了对天气的看法。"好啊，看样子要下雨了。"我说，但几乎与我同龄的洛伦佐倚在他的铁锹上，斜眼向涌动的云层投去短暂一瞥，摇了摇灰白的头说，今天没有雨了。"谁知道呢，没准儿有惊喜……"我说，他再次斜眼朝天上瞟了一眼，更用力地摇晃脑袋，结束了关于雨的谈话："不，先生。"

我们现在谈论蔬菜，谈论刚种下的洋葱，我大大赞美了一切，然后将话题引到我真正关切的事上来：那上面围住堆肥的树篱，恐怕支撑不了多久了，我建议翻修，当然不是现在，现在每个人都挺忙，还有很多事要做，不过入秋或冬天来修一次？他同意了，我们一致认为，当他着手这项工作，不光要翻新青绿栗枝编的篱笆，也要同时更换木桩，虽然它们也许还能支撑一年半载，但能换新的就更好……对，我说，既然我们已谈到堆肥，我还想说，今秋别又把堆肥全施给山上园圃的沃土，也为我们的鲜花平台多留一些，至少留满满几个独轮车那么多吧。好的，我们还不能忘了，今年得扩植草莓，而且得将下面那个树篱旁的、荒了好几年的草莓圃清理掉。就这样，一会儿我想到这些，一会儿他又想到那些，都是对这个夏天、对九月和秋天有利有用的事项。讨论完毕，我继续向前走，而洛伦佐也接着干他的活，我们俩对讨论结果都很满意。

然而我俩谁都不会粗鲁地提及心知肚明的一点，来破坏我们的谈话，使之成为空谈。我俩打交道是简单而充满默契的，或许太多默契了。不过，洛伦佐和我明白，这种怀着美好期许和计划的商榷，无论在他的记忆中，还是在我的记忆中都不会持久——至多两周，我们就会彻底忘掉，而离堆肥处修葺和草莓扩植的日期，尚且还有好几个月。早晨我们在不会下雨的天空下的谈话，只是随心所欲的一种游戏，一段嬉闹，一种无果的纯粹的美学活动。看一会儿洛伦佐善良而年迈的脸庞，成为他外交术实施的对象，对我而言是种享受。他的这种外交术会用一种最漂亮的礼貌，竖起一道保护墙，隔绝那些不严肃对待他的伙伴。另外，我们作为同龄人，彼此之间还有一种兄弟情：当我们其中一位瘸得厉害，或被手指肿胀困扰，尽管谁都不会说，但另一位会心照不宣地笑，微微有了优越感，也许还有点平衡心理——这当然是建立在休戚与共和互相同情的基础上的：自然，谁都愿意被视作身体更硬朗的那位，但同时也会为同伴不在身旁的那一天，早早生出哀悯。

每当我和洛伦佐交谈，都会不由想起娜塔莉娜，她已经入土为安十年了，在她走后，我曾头一回在花园里、在我的园艺游戏中感那种空虚无力的痛苦，这种感觉随着时间的推移越来越熟悉。顺便一提，只要关乎园艺，娜塔莉娜和洛伦佐就从来都不是朋友，而是用警惕、怀疑而嘲讽的眼光互相挑剔对方，将对方视作竞争对手。他，这位农夫，是重体力劳动者，他的工作是翻地伐树、担水扛石、削桩打桩；而她呢，这位娇小秀气、麻利机敏、特别健谈的娜塔莉娜，在侍弄植物方面就如在烹饪方面一样天才而成功。在她双手的呵护之下，最没希望的插枝和残根也能繁茂生长。如今，园中还到处有她精湛园艺的丰碑：一丛老式百叶蔷薇、一株巨大的八仙绣球、一些基督玫瑰和美丽白百合。教我如何能忘记娜塔莉娜！她守护并美化了我们最好的时光，在我的隐居岁月中，她是我的家庭灵魂，也是在我们结婚后建房后的忠实管家及同伴。啊，她是多么擅长表达！她那恰如其分的用词、美而精简的造句，能让孟佐尼[1]和福加扎罗[2]都惭愧。而她的一些经典表达，我们现在还偶尔引用。比如房屋竣工后，她借来那只红金毛大猫，用于抓老鼠，但猫很快就逃跑了，按照娜塔莉娜的解说是，猫震惊于新装修的房间的华美："它，然而，被这么多的奢华吓着了，所以溜了。"

出自《复活节的记录页》，1954

1　Alessandro Manzoni（1785–1873），意大利诗人。

2　Antonio Fogazzaro（1842–1911），意大利作家。

耶稣受难日

乌云低垂，林中犹有积雪
乌鸦在秃木上唱着：
春之呼吸在怯怯颤抖，
因欲望肿胀，因疼痛压抑。

小小的藏红花和紫罗兰
在草间默然生长，
羞怯地散发芳香，不知为何，
弥漫着死亡也弥漫着欢庆。

树芽噙着泪水，
天空惶然低垂，
一切花园和山丘
都是客西马尼园[1]和各各他山[2]

1　客西马尼园是耶路撒冷的一个果园，耶稣受难前一晚曾在此祷告，最后因犹大的背叛而被捕。

2　各各他山是罗马统治以色列时期耶路撒冷城外的一个地方，耶稣在此地被钉上十字架。

日记页

现在已是盛夏，雷雨频繁激烈，气候反复无常，植物却长得茁壮有力：树叶和栗花都饱满繁茂，浆果也比以往任何一年都丰盛。我出屋让眼睛休息，享受新鲜空气，就站在下面花园篱笆旁的火堆处，见人行道有好长一截落满大颗桑葚，黑黑的。我把炭火堆摆正，有许多废纸可供我焚烧——我躲开房子其实是有点心虚的，因为那儿被"庆贺的压力"占据。明天是我生日，但它其实几天前就已开始了：收到大量信件、印刷品、书籍包裹，有些朋友的礼物也到了；门口放着一箱产自吉尔斯贝格宫南坡宝地的葡萄酒，还有一个卷筒，里面有手绘、版画、乐谱，不过大部分是歌曲乐谱。施瓦本画家雨果·盖思勒[1]寄来一张房屋美画，那是我五十年前在

1　Hugo Geißler，与黑塞同时代的德国画家。

博登湖畔建的房子，如今那儿的树木和篱笆都已长高长大……我又回忆起一切，想起那段时光，在这幢刚建成的房子和刚弄好的花园里，年轻的施瓦本诗人马丁·朗[1]常来做客，或伴我工作。这些邮件中，还有他献给我的一篇童话般的散文，不过这再也不是他亲自寄来的了，因为他，从不生病的他，最近忽然因病去世。他，来自施瓦本高山牧场的教士之子，曾与我青春做伴，点亮我的生活。我们曾一起聊天、作诗，创造奥普里迪西神话[2]，在花园中劳作、喝酒、放烟火、搜集蝴蝶。这几年的岁月带走了多少我的朋友啊！但如今我想起他们并不悲伤，他们继续活在我的思想与梦境中，一如生前那般活着。

我点燃火堆，用高高一堆尚且半青的枝丫来生火，它们中有上一场大风暴的残余，而大部分则来自今春（依林务局规定）在我林中进行的"大砍伐"，现在林中到处是大堆大堆的树枝和树皮，可供人生几百次火了。我劈碎今天要烧的柴火，切出那些更坚实的木块作

1　Martin Lang，德国诗人。

2　Orplid 是德国诗人 Eduard Mörike 作品 *Gesang Weylas* 中的奇幻世界。出处：Eduard Mörike: *Sämtliche Werke in zwei Bänden*. Band 1, München 1967, S. 724-725。

为冬季储备，我拿着树枝又折又掰，渐渐忘记在上面等着我的贺寿邮件，反正这些邮件需要我们花很久处理，不必急在一时。我心中生出一丝喜悦之情，取代了对处理邮件的恐惧，这丝喜悦呼应童年每个生日前兴奋期待的那份欢喜：那时还不收信，收到的礼物可能是一团钓鱼线、几张书写纸或一罐来自弗里德里希叔叔小店的蜂蜜。礼物都放在一个小桌上，那上面还有一个樱桃圆蛋糕，插着显示我岁数的燃烛，母亲牵着我的手，大家唱起了生日歌，鹦鹉波利那双簧管般的欢调也融入其中。这样的事若再经历一次，会让人老去的心为之破碎。

当然，这份欢喜和惊奇尚未休止，当我一边站着折柴火，一边与这些我爱着的逝者为伴时，似乎从夏日蓝天射下一道金光，某个陌生东西冲向我，他闪耀着明亮的黄绿色，闪过我的头，消失在山楂树中，但旋即又飞回来，落在我脚边的树枝上，那是一只鹦鹉，是不知从哪儿逃逸又向我飞来的，来自美丽世界的异乡客。

"啊，你从哪里来？"我问他，从小就会鹦鹉语言真是种幸运啊，不过我说的是波利的语言，和这只黄绿鹦鹉的语言不尽相同（波利是只非洲红尾灰鹦鹉，是语言天才，二十多年来一直是家中可爱的一员）。尽管异乡客只能听懂一半，但我说的好歹是鹦鹉话吧，于是这只漂亮发光的鹦鹉抬起小脑袋，询问地看向我。当我俯下身，靠近它说话，它便无惧地看着我点头，小眼眨巴，乖乖听我的招呼和询问，叽叽喳喳，用各种短促的顿音回答。它开始在地上找吃的，走到离火很近的地方，看起来似乎不怕烟。我特意摘了些饱满发亮的桑葚果放在它喙边，可惜它无动于衷。我继续生火，拿起一根栗树长枝，打算折短献给火堆。我的鹦鹉朋友便飞了起来，在空中扑闪翅膀，迅速坐到我手中树枝的尖端，喜洋洋地俯视我，不介意我轻轻摇晃树枝。多年来我在这儿见识过各种节气，观察体验了无数有趣事物，被乌鸦、刺猬和蛇数次造访，有一次还来了只笨重乌龟，但我还从未遇见过这般童话得不可思议，又与人亲近的可爱生命。这约十分钟的拜访，如同来自遥远时空的远古森林，来自久远的、懂得鸟类语言的童年古林。抑或是皮克托[1]的天堂森林，向我送来了欢悦疾飞的鸟儿？鹦鹉先生又任由我用树枝晃了它几下，然后就心满意足地飞走了，先飞进树篱，接着飞到桦树上，最后越飞越远。

当时和事后，这场奇遇都在我脑海中勾起了种种回忆、共鸣、思绪与幻想，写下来需要大量时间，既不可能，也

1　黑塞童话《皮克托的变化》（*Piktors Verwandlung*）中的角色。

无必要。黄绿异乡客离去后许久，我逐渐从这幻魔中回过神来，又想起还有那么多东西在上面的屋中等我。我收拾好铲子、灰筛和园艺剪，背上背篓，慢慢爬上热辣辣的山坡，路过一排排葡萄藤。回到书房阳台上。我放下东西去拉门把，不过这个梦幻般欢庆的早晨，尚未耗尽魔力。

阳台的一根花岗岩柱旁，一株高高的玫瑰向上生长。今年花期已过，玫瑰下长着一小丛茂密的野生植物，有观音兰，还有太成熟的头巾百合，一周后就要开花了。从这片绿叶的角度看去，强光眩晕下，似有暗物晃动而上，寂如魅影，那不是只鸟，是只蝴蝶，还是本地日渐稀有的哀衣蝶，我都三四年未见过了。它硕大而美丽，刚刚羽化不久，在我眼前扑闪暗影，飞去飞来，闻闻我，环绕翩跹，最后停在我左手上。这蝶儿坐着，翅膀收起，翅背是沉沉的炭黑和烟灰色，当它再度展翅，便露出翅里丝绒质的紫褐色，配着那不勒斯黄的金边，一排精巧的蓝点雅致地点缀于金边与铁丹暗红之间。蝴蝶慢慢地，用静静呼吸般的节奏，开合它丝绒翅膀的美，用六只发丝般细小的脚，稳稳停在我的手背上，片刻后，无知无觉，它飘然而去，飞向那磅礴炽热的明亮中去。

1955

"如同一个失落的故乡"

关于自然和花园的思考，

来自黑塞的书信和文字。

　　常听人说，大自然不会给予什么，大自然与人毫无关联。但同样是这些人，会在春阳中欢欣，在夏光中慵懒，在潮湿中绵软，在海风中清爽——这其实一直都是种关联，人只需要意识到它，便可充分享受自然了。因为我所理解的这种关联，并非不辩自明的舒适感，恰恰相反，是心怀觉知地与自然相依共生。

　　　　　　　　　　出自《自然的享受》，1907

我现在每日都还在花园中劳作，沙路还在向前扩建，土地也都翻掘完毕，一部分还施好了粪肥。树苗已尽量做好保护，防止兔子啃食。我还为明年设计了一个诱人的栽花计划，不过仅仅关于新园圃，无关新品种，植物仍旧还是以前的那些。说到这个，大丽花现已繁衍出近百株了。

出自 1910 年 11 月 24 日给友人路德维希·内纳的信

我还听人说，大自然是残酷的，当然这也是一种典型的、以人为宇宙中心的说法；不过，我也同样不信"大自然对于人类总有用处"的说法。大自然存在着，不来不去，繁衍生息，而我们是属于它的。倘若我们想到"自然"，便觉得它陌生而敌意，那肯定就是走上歧路了……

我并非试图从我的软弱中发明一套系统，或从我的苦痛中找到控诉自然的素材，我这么说，也并非出于道德或某种理论，而只是因为它的反面论调毫无意义——反正我们无论怎样都无法影响自然。人类唯一能稍稍影响控制的就是人自己的意愿，尽管这一点也值得怀疑。无论如何，我寻找些许可能的自由，让自然的意愿与我的合一，想象无论冰雪或炎热，都是随我心意而生。我不对抗这永恒的大自然加于我的考验和磨难……我承认人类想方设法对抗自然，并用智力榨取、剥削和利用自然的权利。但我认为，无论是消耗人类微薄的精神与自由去埋怨和怀疑自然，或是以某种理论性的方式去赞同自然，都是可惜又愚蠢的。

出自《夏日信札》，1911

我们恰好有几个天空蔚蓝、阳光明媚的日子，孩子们都放假了，每天在花园里帮手做点秋季清理工作。我总得在写作中去干点这种活儿，因为用眼过度导致的视力疲劳很容易升级成为真正剧烈的疼痛，成为我的大麻烦。在好的天气，我可在花园里让眼睛得到休息；而在坏的天气就麻烦了，因为我学不会，也受不了无聊枯坐，无所事事。

出自 1916 年 10 月 6 日给艾米尔·莫尔特的信

耐心对于知识分子来说是最难的，却也是唯一值得学习的。世间所有自然、所有生长、所有和平、所有繁荣与美，都建立在耐心之上，需要时间和信任，需要相信那些长于生命个体的事物和过程，相信那些无法从个人观点及体验来理解，而只能从整体上来被民族和时代所感知的关联与事物。

出自 1920 年的一本日记

这一天我坐在宽敞炙热的阳台上，看着几个旧花盆中长的一些花，有翠雀、马鞭草、珊瑚倒挂金钟，一只蝴蝶嗡嗡飞来（在瑞士德语区，人们叫它"鸽鸟""鸽尾"或"鸽蛾"），我便想起，这样的蜂蝶在您书上的某处出现过，恰好在我最喜欢的某段，晚上我便开始翻找并迅速找到《童年》中的花园章节[1]，自那之后，我又爱读这本书了，它是我们这个时代的书籍中，我最

1　Hans Carossa: *Eine Kindheit*, Insel Verlag, Leipzig 1922.

欣赏的一本。

出自 1929 年 7 月 21 日给汉斯·卡洛萨的信

对于自然之友来说，一次次遇见、观察狐狸或布谷鸟就是一种小经历和小幸运，仿佛有那么一瞬，这个生灵对嗜杀的人类丧失了恐惧，或是人类自己被吸入原始时代的纯真之中。

出自童话《鸟》，1931

我近日身体欠佳……但每天还是会花上一小时，跪在一块菜圃中除除草，或在屋外画一点水彩画，当病痛和不适感消退，当我身心宁静，就能在一瞬间听见，世界的和谐在草丛中歌唱。

出自 1932 年 5 月给卡尔·玛利亚·茨威斯乐的信

这种除杂草工作可充实我的一天，只要不是雨天。它可缓解我目前的不适症状，像一种持续的鸦片，我可一次次仰赖它半日至一日。这项劳作，与物欲及利益全然无关，因为花上无数个钟头，最后也只能收获三四篮蔬菜而已。所以这种劳作是具有宗教意味的：人跪在地上进行除草活动，如同举行祭拜仪式，一心一意只为祭拜。这个仪式不断更新，因为当三四畦的杂草被除净，第一畦又长出了青草。

出自 1932 年 7 月给乔治·海因哈特的信

当我安睡一晚，身上疼痛减轻，便可冥想畅游，编织童话和诗歌——其中的百分之一我日后或许会写下来。大多时候，我一边思考，一边拔杂草；一边机械劳作，一边和我故事的主人公对话，问他当今的一些问题，包括政治的，并与他一同消失在一个无物质无当下的时空中。

出自 1932 年 7 月 23 日给伊莲娜·维尔蒂的信

自我们孩提时代至今，土地和植物的世界未曾发生什么改变，这让人心安。

我们这儿越来越不平静了。三个月来，一些来自德国的灾讯不断通过信件、问询和访客传入我耳。流亡者和难民挤满了这里，有些人承受着精神的苦痛，有些人遭受着物资的匮乏……顺便一说，我倒是情愿做花园的奴隶，我和妻儿几乎一有空就去花园干活，劳作让我很疲劳，甚至也过量了些。但在人们如今所做、所感、所思、所谈的事情当中，它已是最明智、最舒适的事了。

闲暇时光是属于花园的……（我们）拿着浇水罐，弯着腰，铲着土，而两只小猫才是这块地的主人，它们玩闹着，友爱地看着我们——它们的佃农。

出自 1933 年夏给乔治·冯·维宁的信

我把自己的每一日都分给写作和园艺，后者是冥想和精神上的消化，所以是在孤独中进行的。

出自 1934 年 4 月 15 日给卡尔·伊森贝格的信

我们有一个如此温和的初冬，我屋前居然还有一圃无法忽视的、尚还绿着的旱金莲，绿得饱满，甚至还开了两三朵花。下面山谷中，早晨还堆着些成熟作物，而处在冬季萧索中的区域，则非常明亮鲜艳，艳艳群山周围有更高的山峦矗立向天，在冰雪中闪耀，日暮时燃烧似火。我刚做完水疗回来，想在降雪前尽可能地清理花园。在空空的大丽花圃那儿，我的火堆正在燃烧冒烟，悠长稀薄的烟送出一段蓝色变奏，汇入乡村曲调。

出自 1934 年 12 月给阿尔弗雷德·库宾的信

我们这儿是相当热，现在总算热起来了。每日的园艺劳作是我大多数日子能做的全部了。不久前，一场暴风雨挟带着重重冰雹，几乎摧毁了所有，这下就有得忙了。当我浇灌番茄丛，或者松一松美丽花儿下的土，根本不会有那种讨厌的感觉，那种作为艺术家常有的感觉：这么做有意义么？这究竟是被允许的么？不，而是与我的行为融为一体，乐此不疲。

出自 1935 年 7 月给阿尔弗雷德·库宾的信

我很高兴，我在这个夏天用近乎残酷的专注力摆脱了当下，至少能够写下这首田园小诗《花园中的时光》

寄给你。人们不会察觉到，它是在什么样的环境下诞生的。

出自 1935 年 12 月给汉斯·斯图茨尼格的信

我们有个如此早而美的春天，真是可惜。这春天就和其他艺术家一样，争不过世界历史。历史一直是个有点吵闹而强势的、自以为是的家伙；虽然它经常假笑，但若认为它幽默，那可就错了。

出自 1938 年 3 月给阿尔弗雷德·库宾的信

在这样一个明天也许就要毁灭的世界里，作为诗人去采拾、运用和拣选诗句，就如目前银莲花、报春花和其他花儿所做的那样：开满草地；在这样一个明天也许就要被毒气所淹没的世界中，它们小心翼翼展开小小叶儿，展开五瓣、四瓣或七瓣的，平滑或锯齿形的花朵，一切尽善尽美。

出自 1940 年 4 月给儿子马丁的信

关于三年前复活节时你们送给我的植物，我欠你和萨沙一个解释。那是三株齿鳞草，当初我用钱袋装回来的，栽种在花盆里。到今天已繁衍出百余株，有些我都送给熟人了。但这最初的三小株中，大概只有一株走过完整的一生，活到了现在。它长得很快，如今已有265厘米那么高，还没算上那些弯折部分的长度。木头质感的坚硬主茎都有孩子指头那么粗了，被重重绑在一个木桩上固定。主茎约三分之二是光秃的，再往上就有齿鳞枝绕着主茎排列，枝子顶端总有新旧齿鳞更迭，落下的旧齿鳞在土中生出新植株。但这棵植株现在进入一个新的生长阶段——也许亦是它的最后一个生长阶段了：在最高的齿鳞枝上伸出一小截，在过去几周内慢慢长成一个伞状花序，由四簇花组成，每簇有六至十朵美丽小花，大部分还是花骨朵，即使那些已经开放了的，也还保持着优雅钟形和一抹美丽亮红。也许齿鳞草属于那种一生

从花园看到的卡萨卡木齐宅，当时黑塞居住于顶层的公寓里

透过花园门眺望卢加诺湖。花园位于黑塞最后的居住地，蒙塔诺拉的卡萨洛萨宅

只开一次花，开过就死去的植物。无论如何，我都得向你们报告上述这些，这样你们才知道，你们送我的礼物都变出了什么。

出自 1941 年 1 月给萨沙和恩斯特·摩根哈勒的信

这个世界看起来很灰暗，但春天终会来临，那时，每一朵花都会笑出永恒的光明。

出自 1942 年 3 月给艾琳·黑奈特的信

我如今年事已高，视力越来越弱了，常常很久无法工作，因为眼睛仅能胜任每日的必要任务。幸好我有个花园，一个古朴的提契诺花园，有葡萄藤、蔬菜、一些花儿。夏季我在园中度过半日，生一小堆火，跪在园圃中，听着从山谷传上来的村庄钟鸣。我在这个天真的田园小世界中能够找到的永恒与内在，正如我阅读诗与哲

学时能找到的一样。

出自 1942 年秋给保·A. 布莱内的信

在世界倾危之时，除了圣哲和艺术家的贡献，大自然是唯一不会背叛我们的了。

出自 20 世纪 40 年代给娥娜·克莱纳的信

花朵一如既往绽放，欢快而美丽，光秃秃的森林开出了蓝色绵枣儿，草地开出了报春花、堇菜、藏红花，以及许多其他花儿，嘲笑着我们，嘲笑我们的忧愁。

出自 1944 年 3 月给恩斯特·卡普勒的信

当我在又一个春天，初次在花园中脱掉围裙，看薄草上立着小小番红花，柠檬蝶扑闪着，翩然飞过暖和的空气，这又一次美丽的惊喜啊！

出自 1945 年 2 月给儿子布鲁诺的信

这世界很少给予我们多一些，它常常看似由喧嚣和恐惧构成，然而草木依然生长。倘若有朝一日，土地全被水泥覆盖了，变幻流云依旧在，各地的人们还是会借助艺术，开启通向神明之门。

出自 1949 年 1 月给库尔特·韦德瓦尔德的信

鸟儿继续歌唱，不被世间纷扰影响，也并不懂得十二乐调。

出自给一位匿名者的信

我被（天气）困在室内，无法在花园中放松眼睛，眼睛整日流泪、疼痛，无法使用，只能无聊枯坐让我大受折磨。当我想到死亡，想到在它所终止的一切事情当中，也包括这个折磨我半生的"个人地狱"，便觉得极畅快。

出自 1954 年 3 月给埃尔文·阿克乃西特的信

夹竹桃在我们南方很受欢迎，我的花园中也长了一株高大的。我们从蒙塔诺拉旅行去恩加丁（我多年来唯一还坚持的一个小旅行），必须先经过卢加诺，再沿着湖岸至波尔莱扎，接着到科莫湖（梅纳焦），并沿湖行驶至水尽头，途经基亚文纳，从贝格尔山谷上去直至马洛亚。夏天，当我在这段旅途的南半程，即沿着两个湖行驶时，会从我最爱的数百株高大夹竹桃下驶过，盛开的白红花儿深深浅浅。这么多盛开的夹竹桃，总是这种旅行中最美的回忆。

出自 1954 年 7 月给齐格弗里德·西格的信

在土地植物间劳作，类似于冥想，可帮助灵魂减压与入定。

出自 1955 年秋给约翰娜·阿滕霍夫的信

在过于暴力的机械时代中重返自然，在一日筋疲力尽的工作后静心内省，如同到达离心机的中心。在这方面，大自然和音乐都能帮我们很多，当然最重要的是自身的创造力。

出自 1958 年 12 月给一位匿名读者的信

艰难时代，唯有投身于大自然才能获得安宁，不是被动且享乐地，而是创造性地去投入。

出自 1961 年 11 月给玛利亚·特洛的信

枯叶

每一花都会结成果，
每一晨都会变成夜，
大地上不存在永恒
万物变幻，转瞬即逝。

即使最美的夏日也会
变成秋天，经受枯萎。
叶子静默忍耐吧，
当风要将你们吹走。

玩这个游戏，莫要抵抗，
平静顺从自然。
让吹折你的风，
带你回家。

狮子的哀诉[1]

我孑然一身，心中茫然，
树儿簌簌响，花儿淡淡笑，
但于我而言世间一切乐、
每一步都败坏无趣了。
小虎啊，我的玩伴，我容貌相像的兄弟，
你可听见我的哀诉？

没了小虎我该怎么办？
没了你，至美之物也跌价
竟不及粪土和鼠尾。
你值得拥有心中想要的，
每一只老鼠和蜥蜴，

1　这是黑塞为他的两只猫"狮子"和"老虎"写的戏谑诗。

我会为你挖掘鼹鼠和甲虫，
让我们一起在所有禁忌空间里
做被禁止的梦。

但别扔下我一个
在这树林里，蕨草在摇曳
蜘蛛在金雀花中爬行
美味的鸟味时不时传来。
难道我永远失去了你？
你可听见我的哀歌？
难道我们不是同根生？
我心爱的兄弟，回来吧！

给冈特·伯马的花园简报

我亲爱的朋友！

经历了持续数周的干燥温暖，森林边缘也仅留一点残雪，现在，早春的第一场大扫除就可进行了。洛伦佐已完成了修剪和绑缚葡萄藤的工作，一些新木桩紧绷白亮，地上干枯黯淡的冬草中，小小黄色报春花到处展颜欢笑。

在去年栽种大丽花和百日草的花台左下方，通往硬地滚球道之处，葡萄藤被我狠心清除了，因为它们夺取了花儿所需的阳光。漂亮空旷的梯台上，十天来一直焚烧着枝叶。这些燃料是由"上花园鸟儿"[1]从路上及园畦各处搜罗来的。光硬地滚球道上就有八十到一百筐

1　黑塞自传性童话《鸟》中的虚构名，指代黑塞自己。

落叶，约五十筐已被烧掉了。落叶堆看上去非常蓬松干燥，但若去掉上面的叶子，你会发现，下面一层仍是潮湿的，一部分叶还厚厚粘在地上，如果不想弄坏滚球道，就得多次翻动，将它们弄干，而且几乎必须一片片清除最底下那层湿叶。

有时，"狮子"会趴在我背上帮忙。不过它和"老虎"（它的猫兄弟）一样羞怯胆小。它俩都在经历青春期，身体变得又瘦又长。另外，这些天又出现了一个眼中钉——来自莱里奇的韦根夫人[1]在我们家小住，她还用篮子带来了漂亮的安哥拉猫，可我们家的猫兄弟却出于害怕或嫉妒排斥它，所以安哥拉猫只能单独待着，单独被喂食。当我跟妻子对这种状况做精神分析的时候，她问我是否真的相信，那两只瘦家猫知道新来的猫是只高贵纯种，她还怀疑，可能那只新猫自己都不知道。我反驳道："你难道以为，G.霍普特曼先生不会心知肚明，自己是个安哥拉作家？"[2]

1　黑塞朋友海因里希·韦根的遗孀，在丈夫于 1934 年 1 月 28 日去世后就搬到黑塞家。

2　Gerhart Hauptmann 也是一位获得诺贝尔奖的德国作家及戏剧家。

我担心书房前的仙人掌，今年是它头一次在露天过冬，虽然我们为它搭建了一个不错的遮护棚，但不知它能否挺住，还是会被冻死……

现在我必须工作了，H.黑塞诚挚地祝好。

1934 年 2 月 20 日

千年以前

从破碎梦境中醒来
满怀不安，渴望旅行
我听见我的竹子在夜里
低语着它的智慧。

不再休息，不再躺着
我脱离陈旧轨道，
一路俯冲，一路飞升，
向着浩瀚无垠前行。

千年以前曾有
一个故乡，一个花园，
在有鸟冢的园畔里
藏红花从雪中凝视。

我要展开羽翼
冲破束缚我的迷痴，
飞向那儿，飞向那些时代
那些闪耀至今的黄金时代。

老尼安德

藏红花已谢，雪花莲也消失了，在这预料之中忐忑的晚春，老玉兰独自开着花。这棵壮树的银光微闪的大叶中，传出了乌鸫的啼唱，树上纯白的花儿如美丽病孩般柔弱而惊诧地眳着眼。这块椭圆小草地上，玉兰饱满而喜庆地绽放了。那上面带拱棚的矮屋南墙，亲切立于阳光下，已剥蚀的墙面绿一块灰一块，圆圆的山墙拱顶和窄窄的屋顶砖沿在一片湿蓝中静默，宽阔阳台千百次被大紫藤的枝蔓热情拥抱。而这一切，皆深情安枕于绿或秃的树梢枝冠中，高高的老榆树荫蔽其上。榆树巨大古老的枝丫延展覆盖了整个房顶；另一侧，异国赤松的长针枝丫呈庄严精致的锥形，去年掉落的松果在温暖中散发脂香，斑驳树荫中，小啄木鸟和雀儿围着粗壮的红色树干跳跃，使这儿光线变幻，一会儿是灰影，一会儿又闪耀如宝石。

有着玉兰、刺柏和玫瑰丛的草地位于房子、榆树和赤松之间，陷于绿坛中，正好为密密丛生的高丁香灌木挡住来自外面世界的风尘。草地只有一个朝南出口，向阳的花园便由此沿阶梯及梯台而下。园后是宽广的绿色牧场，在它的公告牌上，画着一条长而滑稽的、由阔冠栎树组成的曲线，标示着邻人的边界。这片绿色草场是由一道看不见的河谷界定的，河谷另一边是蜿蜒静默的青青山林，其后的高山森林已晕染蓝色，再往后便是纯蓝的陡峭山群，有着闪亮凸起的裸岩。而在这第三排蓝色山群后，在流云变幻的高远之处，那如梦的雪岭颤抖着，幻化为各种氤氲迷人的景象，那是一个没有回忆的茫茫灵界，却比所有现实更为真实恒久。

老人站在玫瑰丛旁，心想现在是捆缚它们的时候了。他身着绿围裙，兜里装着长长一团亮金丝胶，手拿剪子，指头试探着在棕色带刺的枝间寻觅和挑选，小心翼翼剪下枯死的枝尖，将它们搜集在一个柳编浅筐中。夕阳斜晖暖暖倾泻在花蕾、高灌木、丁香与榛树之间。老人就等着这一刻。现在他将浅筐和剪子放到一边，走到小草地的西边，开始简单的晚祷，他默立在倾泻的日光之火中，倾听玉兰树的沙沙声。玉兰的满树白花仍旧大口大口呼吸着，艳色霞光从最高的枝丫由上至下泼洒，夕阳的玫瑰红便轻捷而温柔地跃上每朵花儿。倦怠的白花闪着一种神秘柔情，有那么几分钟，每棵陶醉的树前都挂起一层魔力轻纱，无影无形，而每一朵白花都从温柔花萼中静而暖地凝望，带着苏醒的灵魂，欢庆它们小小的、怯怯的节日。

花朵之父用沉静下来的目光，亲切端详这质朴的奇迹，每朵花都羞红了脸，将夜安问候送进他心里。带着感同身受的参与感，他呼吸着迫近的季节之味，嗅到它们的紧张准备，感知树芽急不可待要冒出的心情。

世界变小了，老人想着淡然一笑。老人一生从事过无数工作，曾身居高位，周游世界，却也一再回归内心渴望，如歌德所说："所有阳光和树木，所有海滨和梦乡，都在他心中融为一体。"——现在他处在自家花园的一隅之地，草木和园畦都是他所熟悉的，是属于他，由他照管、设计、创作、塑造和诱导的，这种充实感从未减少过：一畦玫瑰对于感官和思想来说，就如山河湖海一般取之不尽、用之不竭。所有占有都是限制，所有理解都是舍离，而所有的不得不舍，都会给笑容和思想带来一丝升华。

尼安德老人缓缓绕开草地，走在被密密灌木环绕的砾石路上，突然就走到了通往下花园的石阶口。豁然开朗，猛见蓝天和无限宽广的风景。视线从这个灌木丛生的隐匿之地，可越过花园、树木、篱笆、草场、青山和蓝岭，直至天尽头，那儿遥遥矗立着庄严的阿尔卑斯山。霞光刚为可怜的玉兰姐妹焕发了容光，现在又飞上了云巅雪岭，为它们施以同样的魔法。暮光中草地山林的彼岸，山岳光芒万丈，超凡化仙，如珠宝琉璃所构筑的琼楼玉宇，被沸腾的光焰穿透，不与尘世相连，而是闪耀于云蒸霞蔚之上，彼此交相辉映。

常有的念头又造访了老人。为了精神上无休的焦渴，他曾数次匆匆踏上旅途，行至遥远他乡，而这辈子剩下的时间，他几乎都在这片美妙山区度过。自少时起，他便让这片山脉的美与神秘融入自身情怀。阿尔卑斯的巨大屏障，是他自身灵魂中矛盾与障碍的永恒象征。南方与北方的战斗使之成为所有运动的中心，一如人类历史。

他知道，琉璃魔法墙后是片美丽乐园，人们在丰饶物产中活得悠然自得。南方的美如天真妖媚的花儿一般生机勃勃，而北方却诞生于渴望之苦与挣扎之渊。但北方的美却更真挚而震撼，在神性的迷醉中勇敢飞舞。

又一次，尼安德在看见那璀璨的、遥遥颤动的山巅时，感受到了内在世界的疆域。他站在北方这边，站在舍离与苦求的这一边。但他的抗争也慢慢休止了。自从他跨越了生命的纬度，深入长长的幽谷，他便放弃了逃避死亡的念头。在他看来，人的来处与去处并无不同。生命之诱人召唤，自童年起便日日推动他步步向前，现在这声音正逐渐变成死亡之音，从彼岸传来，美丽与奇异却丝毫不减。生或死，不过是名称罢了，而这诱人的召唤不来不去，只是吟唱着、牵引着，召唤他跟随这时光的节拍庄严行进，回到故乡。

远处传来夜的呼吸，池塘上轻摇着安眠曲。夜晚呼唤白昼，白昼呼唤夜晚，一呼一吸吹拂的总是神的气息。

老人将目光从璀璨的天空之遥收回，用心观察自己的花园。他眼中的花园并非一时光景，而是一种爱意满满的关联，这是多年来他与花木建立起的关联。在这房屋与接骨木篱间的方寸之园、这个外部无法窥探的绿岛上存在及生长着的一切，都是他所思所欲的。他总是取别处之长，不断改进扩建，却从未完工；总有太多的新想法涌出，计划在将来实现。如今，在榛树与接骨木的角落，长茎的高株玫瑰摇曳着；在开花的棕榈竹下，深色的粗常春藤匍匐着；在紫藤萝的波浪中，只许有丁香纤柔的、尖尖的叶子隆成拱形……这些都是他的杰作，这园子不只是美，它是在往昔温柔岁月中，从百余个精心勾画的园丁梦想中，被慢慢挑选和排列出来的。在透过细枝畅快看天的地方，尼安德从叶和花、果和藤上看出预兆，许多美而蓬勃的生命会在五月、六月和九月长出：山梨果会在蓝天中闪亮高悬，红花会在最暗的叶中鲜妍，一年四季蜜蜂和蝴蝶都有憩息之处——这是诚挚的植物之谊，由人类亲手呵护和供养。夏日清晨、八月潮夜、四月正午和秋日黄昏都能在园中各处找到它们的至爱之所与画框。再说了，没有哪个温室中的小苗，不会在园丁诗人的想象中成为树叶花朵，成为光斑荫地，成为姹紫嫣红，圆满它们的职责和天命。

　　而老人在他的绿色幻梦中活得更深、更诚挚，他明白花园各处都根植着他内在生命的记忆与画面、伤痕与感恩、青春的纪念，以及强烈预感中的死亡重生。随着时间推移，他越来越用心去感知花园生活。多年来园中千变万化的生命图景，正如他自身的映照，如灵魂的神秘创造与投射。在这里，生活梦想，消亡变化；在这里，向神祈祷，感知永恒。尽管这儿在外人眼里，只是一片美丽树梢，一片养眼灌木，但对于他，这位诗人来说，却有难忘的存在与抗争、寻觅与征服在此生生不息。他如同一位孤独君王，在其子民与疆土的历史进程中看见自己的思想与计划所带来的成果。这位年长的花园之友，感知到他那温柔王国的每一次欣欣向荣，每一次无声显现，正是他内心深处充实的激荡与回响。

尼安德坐在低低的墙垣上等待，凝望远山。夜色已温热，远蓝已潮湿，一个冬天及初春已被战胜，在往昔回忆前，又有了一个生机勃勃的年份，一个崭新的、充满期待的花园年：紫菀、丁香、悬于白墙上的玫瑰！

选自《梦中之屋》，1914

182

鸢尾花

一个童话

童年之春，安塞尔姆在青青花园中奔跑。母亲种的花丛中有一种花，叫鸢尾，是他的最爱。他将脸颊贴在它高高的浅绿叶子上，用手指探触它锐利的叶尖，深深嗅闻这神奇大花的香气，长久凝视花心。一些黄丝从淡蓝花底伸出，其中一条明亮纹路一直延伸向下直至花萼，至花朵的幽蓝秘境中。他十分钟爱这种花，长久而细致地向内端详，精致的黄丝时而像国王花园的金色篱笆，时而又像双排纹丝不动的华美林荫，夹着通向花心的神秘路径，一条玻璃般纤弱的灵动脉络贯穿其中。花的穹顶饱满鼓起，金木间的小径消失在深不可测的咽喉中。小径上的紫色穹顶隆起优雅弯弧，并将一片迷人薄影投在这静候的奇迹之上，安塞尔姆知道，这就是花的嘴。在华美黄丝后，蓝色咽喉中，安住着花的心灵和思想，而在这明亮可爱、玻璃质感的脉络小径上，它的呼吸和梦想出出进进。

这朵大花旁长着些含苞待放的小花，它们立在结实多汁的花茎上，从棕绿花萼中宁静有力地向上伸展，在浅绿与淡紫的紧裹中，幼小的深紫苞儿探出优雅的苞尖，轻柔盘卷，探头张望。卷紧的幼瓣上，脉络与重重纹路已清晰可见。

早晨，当他自房屋、夜眠及梦境回归这里，花园总是完好又新鲜地等着他，在昨天那硬蓝苞尖张望的绿萼处，悬着一片幼小的叶，轻蓝如空，又如唇舌，探找梦想已久的形状和拱弧。而在最下面，花瓣仍在与萼片静静抗争。可见精致的黄丝、明亮的脉络和幽远芬芳的心灵深谷都已准备就绪，或许中午，或许傍晚它就开花了，在金色梦林上撑起蓝色丝帐，而它的第一批梦境、思绪和吟唱，便会从迷人幽谷中静静呼出。

这一天到来，草地上全是蓝色风铃草。这一天到来，园中突然有了新的悦声香气；浸透阳光的红叶上，悬着第一批月季，轻闪玫瑰金。这一天到来，鸢尾已逝，不再有镶金小路徐徐向下导入芬芳秘境，仅剩尖叶冷漠呆立；灌木丛中的莓子却已成熟，紫菀之上，新蝶自由飞舞，嬉闹不休，赤棕的透翅天蛾嗡嗡响，背若珍珠，翅若琉璃。

安塞尔姆与蝴蝶和卵石交谈，与甲壳虫和蜥蜴为友，听鸟儿讲它们的故事，看蕨草悄悄向他展示大叶下聚集的棕色孢子；他将绿玻璃片和水晶放于阳光中，看它们变成宫殿、花园和璀璨宝屋。鸢尾谢了，旱金莲会接着绽放；月季枯萎了，黑莓果恰好成熟。一切都在演化，此消彼长，周而复始。即使在古怪不安的日子里，冷风呼啸着刮过松树；即使在整个园中，枯叶了无生气地格格响，仍旧会传来一首歌、一种体验、一个故事，直至一切倒伏，窗前雪花飘落，窗上生出冰花林，带银铃的天使们飞过夜晚，走廊和地板发出干果香。在这个美好世界中，友谊和信任从不消失，然后不经意间，雪花莲又在常青藤黑叶边闪耀了，第一批候鸟飞过新蓝的天空——就好像，这一切都不曾离开。于是有一天，出乎意料而又自然而然，恰如所料，鸢尾的花茎冒出了第一个蓝色花苞。

一切都是美好的，一切都是安塞尔姆欢迎、亲近和信任的，但对于这个小男孩来说，每年最大的魔法与

185

恩宠，是第一朵鸢尾。在它的花朵中，在最早的童年梦境中，他第一次读到了神奇之书，它的芬芳与飘逸幻蓝，于他而言是创造的呼唤与密匙。鸢尾就这样伴他走过了所有纯真年代，在每一个夏天变得新鲜、神秘而动人。别的花也有嘴，别的花也散发香味思绪，引诱蜜蜂和甲虫到它们小小的甜美内室，但小男孩更钟情于蓝色鸢尾，这种花于他意味并代表着值得回味、值得惊叹的一切。当他凝视花儿，沉入思绪，沿着这条明亮梦幻之路，穿过金色林荫，面朝深深花心，灵魂仿若在凝视一道门，现实化作谜语，所见变成预感。他偶尔也在夜里梦见鸢尾，看它在眼前开出硕大的花，如同开启天宫之门，他坐在马背上骑入，趴在天鹅上飞入，而整个世界都在轻轻随他骑行和飞翔，被魔力吸引，进入那可爱的咽喉处再扬升；在那里，每一个期待都会被满足，每一个愿望都会实现。

世上每个现象都是个比喻，而每个比喻都是座敞开的门，灵魂若已准备好，便可通过它进入世界的内在，在那里，你我、昼夜、万物一体。每个人都可能在生命中的某一瞬遇到这座门，在某一刻产生这样的念头：一切实相都是隐喻，隐喻后蕴藏着精神与永恒。不过只有少数人可自由穿越这道门，并为了内在渴求的真实，抛弃外在光鲜的表象。

在小男孩安塞尔姆眼中，他的花儿是个开放而宁静的问号，在涌出的觉知中，将他的灵魂推向一个至福的答案。过了会儿，他的注意力又被热闹缤纷的可爱事物吸引开，他继续与草石、根茎、灌木、小动物及世间其他一切有爱之物对话玩耍。他常深深沉浸在对自我的观察中，沉醉于身体的奇妙，在吞咽、歌唱和呼吸时，闭上眼感受那奇特律动，体会嘴巴与咽喉的感觉及期待，觉得那儿也有条路、有道门，连通灵魂。他合上双眼，满怀惊叹观察那些意味深长的斑斓光影，它们通常从深紫背景中出现，是蓝或深红的斑点和半圆，其间还有透亮的线条。有时安塞尔姆带着惊喜的震颤，发现视觉、听觉、嗅觉和触觉间微妙而千丝万缕的关联，感受在美丽的一刹那，音调、声响和字母变幻成红与蓝、硬和软，他也会在嗅闻药草，或在嗅闻一片刚剥下的青绿树皮时感到惊喜，嗅觉和味觉是多么神奇地亲近，它们常常一并出现，相互影响，融为一体。

所有的孩童都有这种觉知，尽管强度和细腻度因人而异，而这种觉知在很多孩子身上已消失了，甚至在他们会念第一个字母前就消失了，如同未曾存在过。另一些人则长久保留着这种童年的神秘，他们保有它的残留与回响，直至头发变白，直至耄耋之年。一切孩童，只要他们还留在神秘中，就会不断在灵魂中琢磨那唯一重要的事，琢磨自我，以及与周遭世界间那谜一样的关联。探索者和智者在多年的成熟后都会返璞归真，回到这份神秘中来，但大多数人早就遗忘了这内心世界的重要真实，一生都迷失在忧虑、欲望和目标的缭乱虚妄中，他们不再遵循内心而活，不再回归内在和故乡。

安塞尔姆童年的夏秋轻柔地来，悄悄地走，一轮又一轮，雪钟、紫罗兰、桂竹香、鸢尾、常春藤和玫瑰开了又谢，一如既往地美丽而丰盛。他随这一切生活，与花朵和鸟儿交谈，聆听树木和泉水。一如既往，他将最初写下的字和最初的交友烦恼向花园、母亲和园中彩石倾诉。

然而，这一年的春天来临，一切听起来、闻起来都不似从前了：乌鸫唱着歌，却不是曾经的歌；蓝色鸢尾开花了，在她花瓣的金色林荫道上却再无梦与童话呼进呼出。草莓藏在绿荫中大笑，蝴蝶在高高的伞状花序上翩跹闪光……但一切都与从前不同了，小男孩被一些别的事困扰，还常与母亲争吵。他也不知自己是怎么了，为何感到痛苦，为何总有什么在烦扰他，只觉世界变了样，曾经的朋友都离开了，丢下他孤独一人。

就这样过了一年又一年，安塞尔姆不再是孩子了，园畔四周的彩石变得无聊，花朵也已沉寂，他把甲壳虫钉在一个匣子里，他的灵魂从此走上那漫长艰难的弯路，昔日的种种快乐已封印干枯。

年轻的他狂热投入这看似刚刚才开始的生活。那个隐喻和象征的世界被吹散、被遗忘，新的愿望和道路将他引开。他身上仍留有一丝童年，如蓝眼与软发中的一缕芬芳，却不被他喜欢，这些一旦被提及，他就会剪短头发，让眼神装出更多的果敢和练达。他情绪无常地度过了不安等候的岁月，时而是好学生和好朋友，时而又孤独而胆怯，曾在书本中奋战至深夜，也曾在第一次青年狂欢上放纵喧哗。他必须离开故乡，只偶尔回来短暂拜访，他变了，长大了，穿着考究地回到母亲身边。他带回的朋友和书也总在变着，而当他走过旧园，花园显得好小，在他涣散的目光下沉默。他不再阅读石与叶上的斑斓脉络，不再看见驻于鸢尾心灵中的神性与永恒。

安塞尔姆成为中学生，又成为大学生，他头戴红帽，继而又是黄帽回到故乡，嘴边有了一撮绒毛和小胡子。他带回外文书籍，有一次还带了只狗，而在胸前的皮夹本上，他时而写上沉默诗句，时而抄下古代智者名言，时而附上美丽姑娘的照片及信件。当他返乡，已登上过航海大船，去过遥远异国；当他返乡，已成为一名青年学者，着黑礼帽与黑手套，老邻居在他面前脱帽致敬，并称他为大教授（尽管他还不是）；当他又一次返乡，是穿着黑衣，瘦削而严肃地走在缓行的马车后，车上，他的老母亲躺在精饰的灵柩中。自那之后，他就很少回来了。

安塞尔姆如今在大城市教大学生，并作为著名学者被世人认可。他像这世上的其他同仁一样行走坐立，穿戴精致的外套和帽子，神情严肃或友好，眼睛热忱或略显疲惫，他得偿所愿成为一位绅士和学者，然而却逐渐感到童年结束时的那种迷茫，突然觉得许多年蹉跎而过，自己却古怪、孤独而不满地站在这个他一直追求的世界中央。对他来说，成为教授并非真正的幸福，被市民和学生们诚挚祝福也不再是全然的快乐。一切都像是枯萎了、蒙尘了，幸福又只在遥远的未来，而通往它的道路风尘仆仆、平淡乏味。

这段时间安塞尔姆常到一个朋友家中，这个朋友的姐姐吸引着他。他现在不再轻易追求一张漂亮脸孔了，这方面也变了，他觉得幸福必以特殊方式到来，而非俯拾皆是。他非常喜爱朋友的姐姐，有时甚至觉得自己爱上她了。但她是个特别的姑娘，走的每一步，说的每句话，都染上独特的个人色彩，和她相处、跟上她的步调不总是容易的。一些夜晚，安塞尔姆在单身公寓中来回踱步，思忖间听见自己的脚步声在空房中回响，心中为了这位女性友人在做激烈斗争：她比他理想中的妻子年龄要大，而且非常自我，他觉得很难一边与她共同生活，一边追求长期以来的抱负，因为她对此十分淡漠；她也不算强健，难以应付社交和宴会；她最爱的生活是与鲜花音乐书籍相伴，在孤独的宁静中静候，不理会世界纷扰，也不管是否有人走近她。有时她是如此细腻敏感，一切陌生事物都会刺激到她，使她哭泣。但她很快又在独处之乐中焕发娴静优雅的容光。见过此情此景的人都会觉得，这位美丽的奇女子难以取悦，她的芳心难以俘获。安塞尔姆有时感觉她喜欢他，有时又感觉她谁也不爱，只是对所有人都温柔友善，而她对这世界的唯一希求，便是让她安静待着。但是他希望生活中还有些别的，认为婚后的家中应有烟火气、宾客声。

"艾莉丝，"[1]他对她说，"亲爱的艾莉丝，世界若被造成另一副样子该有多好！若除你那由花朵、哲思和音乐构成的美丽温柔世界之外，没别的该多好！那我

---

1 德语中艾莉丝这个名字，也是莺尾花的意思。

在人生中就别无所求，只愿与你相伴一生，聆听你的故事，活在你的思想中。光是你的名字就使我愉悦，艾莉丝是个绝妙的名字，它让我想起点什么，不过我还毫无头绪。"

"你知道的，"她说，"它是蓝和黄的鸢尾花。"

"对，"他在一丝不安中喊道，"这个我知道，光是鸢尾花就很美了。但每当我叫你名字，它还会提示我点别的什么，我隐隐觉得，它似乎与深刻遥远的珍贵记忆相连，而我无从知晓，它可能是什么。"

艾莉丝含笑看他，他正不知所措地站在那儿用手擦着额头。

"在我这儿每次都这样，"她用鸟儿般轻柔的声音对安塞尔姆说，"当我闻一朵花，我的心每次会告诉我，这香气融合了一些回忆，关于那些我曾拥有复又失去的极美极珍贵的事物。听音乐也会这样，有时读诗也这样——突然有什么闪现，一刹那，人像在深谷找到了失落的故乡，但它很快又消失了、被遗忘了。亲爱的安塞尔姆，我相信，我们正是为此来到世间，为了这些深思和寻找，为了聆听失落的遥远之音，而这些背后才是我们真正的故乡。"

"你说得真美，"安塞尔姆恭维道，他感到胸中有种近乎痛楚的颤动，仿佛那儿有一只隐埋的罗盘，不容拒绝地指出他未来的目标。然而此目标与他对生活的期待是不同的，这令人痛苦。若随了她，他岂不是要在一个美丽童话的幻梦中，挥霍掉自己的尊严和人生？

这段时间的某天，安塞尔姆先生从寂寞旅途回到单调的学者公寓，倍感冷漠压抑，于是他跑去朋友那儿，打算向美丽的艾莉丝求婚。

"艾莉丝，"他对她说，"我不想再这么活着。你一直都是我的好友，我要向你坦言一切。我需要一个妻子，否则我觉得生命空洞无聊。而除了你之外，我还会想要谁做我妻子呢，你这美丽的花儿？你愿意么，艾莉丝？你值得拥有一切花儿和最美的花园。你愿意和我在一起么？"

艾莉丝长久地静静看他的眼，没有微笑也没有脸红，而是用坚定的声音回答他：

"安塞尔姆，我不惊讶于你的提问。我喜欢你，尽管我从未想过，成为你的妻子。但是你看，我的朋友，我对要嫁的人有很高的要求，比大多数女子的要求还要高。你想给我鲜花，我感谢你的好意。但我没有鲜花也能生活，没有音乐也可以，这些和许多其他东西我都可以放弃——如果必须放弃。但有一样我不能也不愿放弃：我永远也不能不把内心的悦音放于首位，我一天也不能过背叛内心的生活。倘若我需要和一个男人共同生活，那么他的内心之音必须与我的相配，必须纯净，与我的和谐共振，而且这必须是他唯一的追求。你能做到么，朋友？但这样，你可能就不能继续出名、继续荣耀了，你的房子会变得安静，而我多年来在你额上见到的这些皱纹也将被抚平。啊，安塞尔姆，这行不通的。看，你是这样的人，总要在额头上钻研出新的皱纹，制造新的忧虑。而我所渴望的、想成为的，你也钟爱，也欣赏，但它对于你和大多数人而言，不过是件精致玩具。啊，好好听我说吧：所有现在对你来说是玩具的一切，于我而言即是生命本身，也将会是你的；而你现在用努力和忧虑追寻的一切，对我来说只是玩具，不值得为之而活——我绝不可能改变了，安塞尔姆，因为我遵循自己内心的规则而活。你会改变么？而你需要彻底改变，我才可能成为你的妻子。"

安塞尔姆沉默了，被她的意志所震惊，那是他曾认为虚弱而轻率的意志。他沉默着，激动的手下意识地揉碎一朵从桌上拿的花。

艾莉丝轻轻从他手中抽走那朵花——这像一句沉重责备击在他心上——但她突然爽朗而深情地微笑，仿佛意外发现了一条从黑暗中走出的道路。

"我有一个想法，"她轻声说着，脸也红了，"你会觉得它特别的，它会给你一种情绪。但它并非情绪。你想听么？你愿意接受，由它来决定你我之间的事么？"

安塞尔姆不解其意，望向他的朋友，苍白脸上泛出狐疑。她的微笑征服了他，他感到了信任，于是答允。

"我要给你一个任务。"艾莉丝说，马上又严肃起来。

"说吧，这是你的权利。"安塞尔姆投降了。

"这是我认真的，"她说，"也是最后的话：你会接纳一切来自我灵魂的忠告，不会讨价还价，即使你并未立刻理解吗？"

安塞尔姆允诺了。她站起来，向他伸出手：

"你多次向我提到，说我名字时想起一些遗忘了的东西，对你来说曾经很重要很神圣的东西。那是一个启示，安塞尔姆，这个启示引导你这几年来到我身边。我也相信，你在灵魂中遗忘了重要而神圣的东西，它们现在必须重新苏醒，这样你才能找到幸福，达到某种境界——再见，安塞尔姆！给你我的手，请求你：去走去看吧，你会在记忆中重新找到那些由我名字勾起的东西。在你找到它的那一天，我愿成为你的妻子，跟随你，去你想去的任何地方，除却完成你的愿望之外，别无所求。"

惊愕中的安塞尔姆想要打断她的话，想将这个请求斥为一种情绪，但她用一种清澈的目光提示他守诺，他一声不吭，垂下眼睛，抬起她的手放在唇边一吻，走了出去。

他在人生中接受和解决过一些任务，但没有哪个是这般怪异、重要且令人沮丧的。他日复一日跑来跑去，辛劳求索，却总有这样的时刻冒出来：他怀疑而愤怒地将整个任务斥为一种疯狂的女性情绪，欲将之扔出脑海。然而接着，他内心深处就有什么在回应了，那是一种非常微妙隐秘的疼痛，是一句十分纤柔，几乎听不见的忠告。这个微妙的声音，这个从他自己心中发出的声音，在赞同艾莉丝所言，如她一般要求着他。

对于这位学者来说，这个任务本身已经够难了。他必须忆起久已忘记的什么东西，必须从湮没往昔的织网中抽丝剥茧，必须用手抓住什么带到爱人面前：无非是一声被风吹散的鸟叫，听音乐时飘起的一丝渴望或忧郁，一些比思绪更轻薄易逝的无形东西，比夜晚梦境更虚无缥缈，比清晨雾气更不可捉摸。

有时，当他气急败坏，打算放弃，就突然吹来一点什么，如遥远花园的轻烟，在他面前低语着艾莉丝的名字，十次，更多次，轻柔而俏皮，如同在一根绷紧的琴弦上试音。"艾莉丝，"他低语着，"艾莉丝。"随着一阵微妙的颤动，他感觉内心有什么被触动了，就像在一幢被遗弃的老宅中，一道门自动打开，一扇百叶窗嘎嘎作响。他曾自信已将回忆梳理得井井有条，但重新检视一番，又有了奇妙而惊人的发现。他的记忆珍藏实在比他自以为的小太多了。一整年一整年的记忆缺失，如同空白的纸页，在他回想时，发现自己要很费力才能清晰忆起母亲的模样。他已全然忘记年少时狂热追求了一年的女孩的名字。他想起一只狗，大学时心血来潮买下，曾与他生活了挺久的狗。可他花了好几天，才重新想起那只狗的名字。

　　伴随越来越多的悲伤和恐惧，这个可怜男人痛苦地发现，他的人生如此幻灭而空洞地流逝了，似乎并不属于他，陌生得像与他无关，就好比一个人曾倒背如流的内容，最后却只能费力拼凑起无聊的残片。他开始写作，希望一年年地回溯，将最重要的体验写下，以便再将它们握于手中。但他最重要的体验在哪儿呢？当上教授么？成为博士？还是上中学和大学？抑或在被遗忘的岁月中，喜欢上这个或那个姑娘？惊惶抬首：这就是人生么？这就是一切么？他一拍脑门，猛烈大笑起来。

这期间光阴流逝——它从未如此迅疾无情地流逝过！一年过去了，而他感觉仍留在告别艾莉丝的那个地点和时刻。实际上这段时间他变了许多，除他自己谁都能看出，他变老也变年轻了。熟人几乎都不认识他了，人们觉得他精神涣散，情绪无常，性格古怪，他还获得了一个"怪人"的称号，这很遗憾，不过毕竟他做了太久单身汉。此外还有这种情形：他忘记上课，让学生们白白等待；他满怀心事，溜过大街，走过一幢幢房屋，用邋遢外套擦拭沿街墙角的灰尘。有人说，他开始酗酒了。有几次他在讲课中途停下，尝试想起什么，然后像孩子般发自内心地笑了（之前从未有人见过他这么笑），接着他用一种温暖动人的声音继续讲课，打动了许多人的心。

很久以来他不抱希望地寻找遥远岁月失落的芬芳与痕迹，却已在此过程中获得了新的意义，尽管自己尚未明了。他越来越频繁地发现，在被他称为回忆的东西之后，还存着更多记忆，就像在一面老漆墙的图案背后，还有着更老的、被遮盖的图案在沉睡。他希望想起一点无论什么来，比如一座曾经旅居数日的城市名字，或一位朋友的生日，或随便什么……而每当他像翻掘废墟一样，翻掘出一小片过往，马上就豁然开朗。一阵轻烟吹向他，如四月晨风或九月雾气，他闻到芳香，尝到味道，感到某一处幽暗隐秘的情感——在皮肤上，在眼睛里，在心中，他逐渐明白了：肯定有那么一个日子，蔚蓝温暖，或者冰凉灰蒙，或与此不同的某日……它们一定早早印在他心中，成为幽秘记忆悬于心头。那些他能够清晰嗅闻和感知到的春夏秋冬，却无法在现实的档案中找到，它们没有名字和数字，也许是在大学时代，也许是在婴儿时期，但那种芳香是真切的，栩栩如生，他却无法命名和确认。有时他觉得这些记忆可追溯到前世的生活，尽管对此想法付之一笑。

安塞尔姆在记忆幽谷中寻寻觅觅，发现许多动人和揪心的，也有可怕和恐怖的，但唯有一样遍寻未果：艾莉丝的名字对他而言究竟意味着什么。

在遍寻未果的痛苦中，他也曾试着返回故乡，看那些森林和小巷、小径和篱笆，站在童年故园中，感受心潮起伏，往事如梦缠绕。他忧郁而平静地从那儿回到住处，推说自己病了，将探访他的仰慕者打发走。

但还是来了位访客，那是自他向艾莉丝求婚以后就没再见过的朋友。他来了，看见安塞尔姆不修边幅地坐在沉闷小屋里。

"起来吧，"他对他说，"跟我来。艾莉丝想见你。"

安塞尔姆跳起来。

"艾莉丝！她怎么样了？——哦，我知道，我知道！"

"对，"那位朋友说，"跟我来！她快死了，她卧病在床很久了。"

他们走向艾莉丝，她躺在床上，轻而瘦得如同一个孩子，明亮地微笑着，睁着变大的眼睛。她孩童般的小手伸向安塞尔姆，握在他手中像一朵花，而她的脸庞则容光焕发。

"安塞尔姆，"她说，"你不生我气吧？我给了你一个艰难的任务，而我看到，你忠诚于它。继续寻找吧，继续走这条路，直到你抵达目的地！你为了我而走上这条路，但最终却是为你自己而走的。你知道吗？"

"我预感到了，"安塞尔姆说，"而我现在知道了。这是一条漫长的路，艾莉丝，我归来已久，但我再找不到返程的路了。我不知道自己会变成什么。"

她注视他悲伤的眼睛，明亮而欣慰地笑了。他俯身贴在她瘦弱的手上，久久哭泣，直至她的手被他的泪水浸透。

"你会变成什么，"她用如回光返照般的声音说，

"你不必问自己会变成什么。你曾在人生中寻寻觅觅，追寻荣誉、幸福、知识，追寻过我，你的小艾莉丝。但这一些仅仅是华美表象，终会离你而去，正如我现在要离开你一样。我也同样不断寻找，也一直找到美丽可爱的表象，但它们也一直在凋落、枯萎。我现在不在乎什么表象了，不再寻觅了，因我已回归故乡，只需再迈一小步，我就在故乡里了。但你会到达那儿的，安塞尔姆，那时候，你的额上就不会再有皱纹了。"

她是如此苍白，安塞尔姆绝望喊道："哦等等我，艾莉丝，先不要走！给我一个信物，让我永不失去你！"

她点头，拿起身边的一个花瓶，给他一枝刚刚绽放的鸢尾花。

"拿着我的花吧，鸢尾花，别忘了我。寻找我吧，寻找这鸢尾吧，你就会来到我身边。"

安塞尔姆哭着接过花儿，哭着告别。

当朋友为他带来艾莉丝的死讯，他再次回到故乡，抬着她那以花装饰的灵柩，陪伴她入土为安。

从此他的生活就崩塌了，他似乎无法继续编织这张网。他放弃了一切，离开了城市和职位，从现世中消失。有人在一些地方见过他，他也曾出现在家乡，倚在故园篱笆上，可当有人打听、关心他时，便又走开消失了。

他依旧喜爱鸢尾花，无论在哪看到这种花都会俯身欣赏，当他长久凝视花心，一切过去未来的芳香及预感，似乎都从蓝色花底吹向他，直至他失落悲伤地离去。他感觉自己仿佛在半掩的门边倾听，听见最最深爱的秘密就在门后呼吸着，而正当他以为一切都会在此刻实现时，门又关上了，只有现世的冷风吹拂他的孤独。

梦中，母亲对他说着话，多年未曾感到她的身体和脸庞如此清晰贴近。艾莉丝也对他说话，而当他醒来，余音萦绕，便可待上一整天思索这是什么。他居无定所，流浪乡间，四处借宿，睡在林中，吃面包或浆果，喝葡萄酒或灌木叶上的露水，他对此无知无觉。一些人认为他是傻子，一些人认为他是魔法师，一些人害怕他，一些人嘲笑他，一些人爱他。他学会了过去从来不会的事：和孩子们在一起，参与他们的奇异游戏，与一截断枝、一粒小石交谈。寒来暑往，他凝视花朵、小溪和湖泊。

"表象，"有时他自言自语，"一切都是表象。"

但他感到内在有某种并非表象的本质，他追随着它。内在本质有时会说话，声音正是艾莉丝和母亲的，是安慰和希望。

他遇见奇迹，却并不惊讶。有次走在冬日雪地里，胡子上结着冰，他看见雪地中长着一枝细长的鸢尾，开着美丽孤独的花朵，他俯身向它微笑，因为现在懂了，鸢尾花一遍遍向他启示的是什么。他又一次明白了童年梦境，并在金色林荫间，看见那条明亮的淡蓝小径通往花心的秘密，知道那里有他追寻的东西，是本质，非表象。

启示又接二连三向他显现，梦境指引他来到一座小屋。这里的孩子们给他牛奶喝，和他玩耍，讲故事给他听，告诉他，森林中的火堆边发生了一个奇迹：有人看见千年才开一次的精灵之门开启了。他仔细聆听，向这可爱景象点头致意，继续前行，一只鸟儿在他跟前的桤木林歌唱，它的声音甜美奇特，如已故的艾莉丝。他跟随它。鸟儿连飞带蹦向前越过溪流，飞入森林深处。

当鸟儿寂然无声，听不见也看不见了，安塞尔姆驻足环顾四周。他站在一道林间深谷中，小溪在宽阔绿叶下静静流淌，其余一切都在静静等待。但在他心中，鸟儿还在歌唱，用迷人的声音，驱使他继续前行，直到一面布满青苔的岩壁前。岩壁中央裂开一条岩缝，细细窄窄通向山体深处。

一位老人坐在岩缝前，见安塞尔姆走来便起身喊道："快回去，你呀，快回去！此乃精灵之门。凡从这儿进去的，没有一个回来的。"

安塞尔姆抬望岩石之门，看见一条通向深山之中的蓝色小径，金色林荫紧紧夹道而立，而小径向下沉没至内里，如沉没至一朵巨大花儿的中心。

心中的鸟儿明快唱着，安塞尔姆走过守护者，进入岩缝，走过金色林荫，直至花心的蓝色秘密。那是鸢尾花，他闯入了它的心脏，那是母亲花园的鸢尾。他飘然走上它的蓝色花瓣，而当他静静前往那片金色黎明，所有的记忆和感觉一下都回来了。他感到自己的手小而柔软，亲切的爱之絮语近在耳畔。这絮语的悦音，这金林的光耀，是他在童年之春感受过的。

他在小男孩时期做过的梦也回来了：他往下走，进入花心，在他身后跟随的整个表象世界，全部沉入一切表象后的那个秘密中。

安塞尔姆轻轻唱起了歌，而他的小路也轻轻深入故乡。

1916

译后记

　　黑塞广为人知的身份乃哲人作家，但了解他的人知道，他还是一位生活艺术家，是画家和园丁。这本《园圃之乐》集合了黑塞一生中不同时期与自然的对话和游戏。它不是一本需要你绞尽脑汁来思辨的奥义书，而是一本需要你打开感官来享受的立体书，随意翻开一页，瞬间便进入自然与内心、精神与血肉、思想与感官合一的冥想宇宙。幻魔师黑塞低语着：用全身细胞来呼吸这些文字吧，它们将化为美景、乐音、轻抚、幽香……

　　叶儿簌簌吟唱，风儿舒畅吹抚，你走进这座花园，目光与黑塞相遇。他穿着花匠围裙，眼眸闪着孩子气的光，脸庞慈爱又带点儿忧郁，粗厚有力的手侍弄着园圃。那些优美、庄严或幽默的语句仿若信手拈来，仿若泉水沁心，仿若呓语催眠，让你顺着花脉走入心脏，看见万物生发。不知不觉，你会深深爱上他，黑塞不再是那个百年前的文化标记，而是一个近在眼前、充满魅力的人。

从他的花园，这乱世中的隐居之所，不仅能看见德瑞的乡野美景，亦能看见李白的月光，庄周的蝴蝶，看见过去与未来，星辰与日月。这花园是远方，也是故乡；是百门千窗洞开的思想殿堂，也是万古混沌之中的古老森林；是耕耘农人的朴素村野，也是炼金术士的神秘殿堂——这是多维的通感世界，美感、情绪与意象万千幻化，飞扬起舞。

二战期间，黑塞在给友人的信中写道："春天终会来临，那时，每一朵花都会笑出永恒的光明。"在他笔下，花木是不说教的殷切导师，让我们拥抱信仰、神性与永恒。若说《园圃之乐》是黑塞对自然与生命的爱情告白，那我的翻译，便是对黑塞的爱情告白。是的，作为一名译者，我无法不爱上黑塞。他的智慧，高远如璀璨星空；他的温暖，却熨帖如花草大地。

黑塞是沉静老者，灵魂历经生生世世，洞悉生命奥秘；黑塞是赤心少年，不曾停止流浪探索，不曾冷凝热血。他攀爬峭壁，裸身付与自然；他远游东方，脚步追随性灵；他饮酒谈笑，与最有趣的人交友；他擅发掘美，捕捉微妙的刹那：在蝶翅上见浮世绘，在枯花上见山石海，在桃子上见美人肌，在雪山上见琼楼宇，在被阳光浸透的暗叶上，见教堂玻璃的炽红……

"信任土地、流水、空气的神性，信任四季，信任动植物之生命力。"（这一句来自《对一小片地负责》）我在译途中，跟随黑塞的咒语，逐渐打开心门，浸入与万物合一，与天地连接的极大喜悦中，觉知到无处不在的爱与生机；也频频走入自然，感受花木鸟虫鱼，风雪云雨雾。生而为人，我何其有幸，能在黑塞的花园中坐看云起，能像爱丽丝一般漫游奇境。为此感谢《园圃之乐》，也衷心感谢编辑、出版人，感谢一直以来支持我的良师益友们。

二十一世纪的年轻人，与黑塞的共振是消弭时空的。他感性也性感，古典也前卫，警醒也迷幻，清澈也混沌。他质朴如园农，却又深谙世间万种风情。读了太多书，了解太多道理，却知这一切，比不过梢尖一阵清风，林间一声鸟鸣，园中一米阳光。园中黑塞，时而是西方哲人，轻随巴赫与莫扎特，玩着玻璃珠游戏；时而又是东方贤者，携手庄子与李白，逍遥游于山水清逸；在沉思与云游中，在广袤自然中，看见佛陀的微笑，基督的眼泪。

"草木有本心，何求美人折？"[1] 花儿美，并非为了被称赞，而是出于自性的圆满；花儿怒放，并非为了被采摘，而是由内在生命力驱动——《园圃之乐》中，俯拾皆是这样的自性与禅意。既赞美园中精耕细作的恭敬庄严，也赞美草木肆意生发的狂野不羁。一年四季，成住坏空，在黑塞笔下都是诗性的，即便衰朽与死亡中，也蕴含了生机和美，因为一切都在生长、流逝与轮回，没有什么会真正死去，正如过去和未来本不存在，一切体验，都只是灵魂投射的大梦；一切表象，都无法遮蔽性灵所追寻的那个本质。

在这生生不息的循环中，在不同的季节与时辰里，风雨和花叶亲吻着，光线和色彩嬉戏着，黑塞用心将之捕捉——这就是《园圃之乐》，可作为小资圣经，小清新必读，画家灵感簿，却也不止于此。夏花绚烂与秋叶凄迷，人生流徙与时代动荡，看山看水的境界，由你选择：或重拾童年，温习旧梦；或顺水漂流，放松心灵；或沐浴日光，在迷醉神性中飞舞……这座秘密花园里还隐藏着许多扇门，等着你去推开。

当然，诗性而浪漫的黑塞，绝非只知描绘岁月静

1　出自张九龄（678–740）《感遇》。

209

好，而是一直关注着时代，保持着文人的良心。他作为享乐年代少有的悲观者，承受着巨大的悲伤；作为狂热年代少有的清醒者，又忍受着独醒的孤独。在这本歌颂自然之美，充溢着诗意与感官愉悦的散文集中，黑塞也表露了对消费主义的抵制，对冰冷工业的警觉，对浮躁文化的批判，及对人类暴行的忧思。

在诗中他写道："我那曾柔软细腻的心，被这世界狠狠嘲笑过。"又说，"虽经历了一切苦痛，仍爱着这个疯狂的世界"。黑塞的悲观，并非消极的犬儒主义，而是出自对众生的强烈悲悯。敏锐如他，早早发出警世预言，却遭同胞谩骂驱逐，流亡异乡；慈悲如他，敢于直面人性的愚痴，正视暴力与鲜血，疾呼和平。敏锐使他饱受摧残，慈悲给予他安宁庇护，陪伴他创造文字对抗黑暗，迎来长夜后的曙光。所以，黑塞笔下的忧郁哀伤，并无为赋新词强说愁的矫情；而他笔下的清新明媚，却别有一番暴雨后娇美花儿的倔强。

黑塞在给儿子的信中提到，在这样一个也许明天就要被毒气淹没的世界里，诗人用心作诗，正如花儿尽善尽美地开放。对于这位毕生追寻人性光明的流浪者，那沙漠中的绿洲，那暴乱中的安宁，便是园圃与书籍：用园艺劳作保持内心平和，用不断书写延续人文火种。即使在漫骂与诋毁的声音里、炮火与毒气的威胁下、背痛与眼疾的折磨中，他也一直坚持着劳作、思考，持养着园圃，如同持养一种清明信念；爱恋着花木，如同爱恋一切生命。

　　黑塞不只是一个德国人或瑞士人，更是一个世界人和宇宙人。在这个星球上，他的字句，鼓励了一代代年轻人听从自然与内心的召唤，从物欲、强权与暴力中出走，追寻灵性的觉醒，走向自我的本来，回归和平与生命。我想，黑塞、梵高，还有这世上其他一切拥有热血与灵魂，向往本质与自由的人，都拥有一种共性，那便是对于人生和世界，怀有一种不能熄灭的热爱、一种无法被钝化的觉知，它们必将化作流淌的诗句、奔涌的乐音、泼洒的颜料、流浪的步履，化为颤抖的狂喜、千千万万的花木、光与暗的交响、汇成星辰和大海，回归宇宙的永恒光明。

易海舟

2018 年 3 月于德国科隆

黑塞编年史

1877	7月2日生于卡尔夫 / 维滕堡。
1881	随父母迁居瑞士巴塞尔。父母从事传教士培训工作。
1886	7月随全家返回卡尔夫,入实科中学。
1890	在格平根拉丁文学校准备符滕堡国家考试。
1891	9月起在毛尔布隆神学院学习,七个月后逃学。决定"要么成为诗人,要么什么也不是"。从此积极自我进修,海量阅读。
1892	6月自杀未遂,入精神病院。11月进入坎施塔特文理中学。
1893	高中毕业。
1894	在工厂当机械师的学徒。
1895	在图宾根的书店当学徒。在孤独中开始写诗与散文。
1898	10月出版第一本诗集《浪漫之歌》(*Romantische Lieder*),当时没有回响。

1899	少量刊印散文集《午夜后一小时》（ *Eine Stunde hinter Mitternacht* ），被诗人利鲁克推荐。9月移居巴塞尔，在赖希书店做书商助手。
1900	为《瑞士汇报》写文章和书评。
1901	第一次去意大利旅行。8月转去巴塞尔瓦滕维尔古董书店任职。
1902	出版献给母亲的《诗歌》（ *Gedichte* ）。
1904	出版小说处女作《乡愁》（ *Perter Camenzind*，又名《彼得·卡门青》）。与摄影师玛丽亚结婚，于7月搬入博登湖畔盖恩霍芬的一户农舍。出版传记研究《薄伽丘》（ *Boccaccio* ）和《圣法兰西斯》（ *Franz von Assisi* ）。
1905	儿子布鲁诺出生。
1906	出版长篇小说《在轮下》（ *Unterm Rad* ），大获成功。与多家报纸杂志合作。创办旨在反对威廉二世个人统治的杂志《三月》（ *März*，黑塞作为共同出版人至1912年）。
1907	搬入为自己和家人在盖恩霍芬所建的新居。开始设计和种植花园。出版短篇小说集《此岸》（ *Diesseits* ）。
1909	次子海纳出生。
1910	出版关于音乐家的长篇小说《生命之歌》（ *Gertrud* ）。
1911	三子马丁出生。夏天开始旅行，原计划是去印度，但是最终去了新加坡、苏门答腊和锡兰。
1912	永久离开德国，全家搬至瑞士伯尔尼，住进已故画家朋友维尔蒂的房子。

1914	出版关于艺术家婚姻的长篇小说《艺术家的命运》（*Rosshalde*）。7 月一战爆发，黑塞报名入伍，因体检不合格被退回。战期在伯尔尼继续为德国战俘效力，呐喊呼吁和平。
1915	出版《漂泊的灵魂》（*Knulp*）、诗集《孤独者之歌》（*Musik des Einsamen*，又名《黑塞自传》）、短篇《美丽的青春》（*Schön ist die Jugend*）。
1916	父亲去世，三子马丁病笃，妻子玛丽亚患精神病，受到德国民族主义者的漫骂攻击。一连串打击使黑塞精神崩溃，住院疗养。开始阅读精神分析方面的著作。
1919	出版《德米安》（*Demian*，又名《彷徨少年时》）、《小花园》（*Kleiner Garten: Erlebnisse und Dichtung*）和《童话集》（*Märchen*）。与妻子玛丽亚分开，独自迁居至瑞士提契诺州的蒙塔诺拉，作为租户住在一幢名为卡萨卡木齐的古典大宅中。
1920	出版《画家之诗》（*Gedichte des Malers*）、《克林索尔的最后夏天》（*Klingsors letzter Sommer*）。
1922	出版《悉达多》（*Siddhartha*）。
1924	与第二任妻子露特结婚。婚姻仅持续了三年。
1925	出版《温泉疗养客》（*Kurgast*）。到德国南部城市做巡回朗诵会。
1927	出版《荒原狼》（*Der Steppenwolf*）。遇见灵魂伴侣尼侬。
1930	出版《纳尔齐斯和歌尔德蒙》（*Narziss und Goldmund*，又名《知识与爱情》）。

1931	在蒙塔诺拉搬入H.C.波德莫为他建造并供他终生居住的房子。与艺术家尼侬结婚。出版《通向内心之路》（*Weg nach innen*）。开始撰写《玻璃珠游戏》（*Das Glasperlenspiel*）。
1932	出版《东方之旅》（*Die Morgenlandfahrt*）。被德国纳粹列为"不受欢迎的作家"，仍坚持独立清醒思考，以祭神般的恭敬心打理花园。笔耕不辍，在黑暗岁月中保持一份人类良知。
1934	成为瑞士作家协会会员，抵制纳粹文化，帮助流亡同事。出版诗选《生命之树》（*Vom Baum des Lebens*）。
1939	二战爆发。著作无法在德国出版。
1943	在瑞士出版《玻璃珠游戏》（*Das Glasperlenspiel*）二卷。
1945	在瑞士出版《梦之旅》（*Traumfährte*）。
1946	出版《战争与和平》（*Krieg und Frieden*）。荣获诺贝尔文学奖和法兰克福市的歌德奖。著作又可在德国出版。此后，黑塞过着晚年的闲适时光。
1950	在黑塞的鼓励和支持下，著名的彼得·苏尔坎普出版社开张。
1951	出版《晚年的散文和书信》。
1952	出版《文集》六卷，庆祝75岁生日。
1954	出版童话《皮克托的变化》。
1956	在巴符州德国艺术协会的支持下成立赫尔曼·黑塞基金会。
1962	8月9日，于蒙塔诺拉家中安详逝世。

园圃之乐

作者 _ [德] 赫尔曼·黑塞　　译者 _ 易海舟

产品经理 _ 殷梦奇　　装帧设计 _ 董歆昱　　产品总监 _ 应凡

技术编辑 _ 顾逸飞　　责任印制 _ 杨景依　　出品人 _ 贺彦军

营销团队 _ 王维思

果麦

www.guomai.cn

以 微 小 的 力 量 推 动 文 明

图书在版编目（CIP）数据

园圃之乐 /（德）赫尔曼·黑塞著 ；易海舟译. ——
天津 ：天津人民出版社，2018.6（2025.2重印）
ISBN 978-7-201-13555-7

Ⅰ. ①园⋯ Ⅱ. ①赫⋯ ②易⋯ Ⅲ. ①散文集－德国
－现代 Ⅳ. ①I516.65

中国版本图书馆CIP数据核字(2018)第111244号

园圃之乐
YUANPU ZHI LE

出　　　版　天津人民出版社
出　版　人　刘锦泉
地　　　址　天津市和平区西康路35号康岳大厦
邮 政 编 码　300051
邮 购 电 话　022-23332469
电 子 信 箱　reader@tjrmcbs.com

责 任 编 辑　张　璐
产 品 经 理　殷梦奇
封 面 设 计　董歆昱

制 版 印 刷　天津丰富彩艺印刷有限公司
经　　　销　新华书店
发　　　行　果麦文化传媒股份有限公司
开　　　本　787毫米×1092毫米　1/32
印　　　张　7
字　　　数　113千字
版 次 印 次　2018年6月第1版　2025年2月第5次印刷
定　　　价　58.00元